カ・ン・シ・カメラ

西羽咲花月

STARTS
スターツ出版株式会社

「カ・ン・シ・カメラ」

あたしには付き合っている彼氏がいる。

妹思いで、優しくて、カッコいい自慢の彼氏。

でも、彼はいつでもあたしより妹を優先する。

その溺愛ぶりは普通じゃなく異様なまで。

ある日、あたしは通信販売で家庭用の監視カメラを購入した。

自分で簡単に設置できる小型のものだ。

彼のことをもっと知りたい。

彼のいちばんになるにはどうしたらいい？

些細な気持ちで、彼の部屋に監視カメラを仕掛けただけだった。

……なのに、そこには絶対に見てはいけないものが映っていた。

――真っ赤な血しぶき。

――彼の部屋で残酷に殺されていく少女たち。

彼氏の正体は……!?

contents

1章

自宅デート

あたしは呆然（ぼうぜん）として天井を見上げていた。
もう何日、何週間……この部屋の中にいるのかわからない。
日付の感覚はとっくになくなっていて、体は鉛のように重たくてピクリとも動かせない。
隣からかすかに人が動く気配を感じて身をすくめる。
だけど、相手もすでに動くことはできないようだ。
ふいに強烈な眠気に襲われ瞼（まぶた）が重たくなり、あたしはついに目を閉じてしまった……。

１年前から付き合っている天満颯（てんまはやて）は、あたしの前でスマホを確認している。
落ちつかない様子で、何度もスマホを確認する颯。
あたし……野原純白（のはらましろ）は、それを横目で見ながらテーブルに置かれているジュースをひとくち飲んだ。
ここはあたしの部屋で、今日は土曜日。
付き合っているあたしたちは、自宅デートをしているところだった。
白いレースのカーテンの向こうに見える外はよく晴れていて、雲が低く、夏が近いことを知らせている。
扇風機をかけるほどの暑さじゃないけれど、窓は開け放たれていて心地よい風が入ってくる。

「ねぇ、何を確認しているの？」
　あたしは年上の颯に聞く。
　颯は矢井田高校の３年生、次の誕生日で18歳になる。
　あたしは16歳で、颯と同じ学校に通う２年生。
「希彩が学校の行事で２日前から出かけているんだ。宿泊授業で、今日の夕方には帰ってくる予定なんだけど、まだ連絡がないんだ」
　そう言い、またスマホを確認する颯。
　あたしは希彩ちゃんの名前が出てきた途端にウンザリして、部屋にある小さなテレビの電源を入れた。
　希彩ちゃんは颯の妹で、今、中学３年生の15歳のはず。
　あたしは、ぼんやりとテレビを見ながら考える。
　その年ごろで今の季節に宿泊授業ということは、受験に関係する大切なものなのだろう。
　家族としても今は大切な時期だから、希彩ちゃんのことを気にするのはよくわかる。
　でも、高３の颯だって今年が受験で大変なはずだ。
　それなのに、妹のことばかり気にしている。
　まぁ、颯のシスコンは、今にはじまったことではないけどね……。
　あたしはまだスマホをいじっている颯に呆れたため息を吐き出して、１年以上前の出来事を思い出していた。
　颯は、あたしと付き合う前から希彩ちゃんのことで頭がいっぱいだった。
　当時、希彩ちゃんは中学２年生で、奈良に修学旅行へ行ってきたらしい。

希彩ちゃんが修学旅行から帰ってくるまで颯は毎日スマホを気にしていて、帰ってくる当日は学校を休んで家で希彩ちゃんの帰りを待っていた。

颯はそのおみやげにもらった大仏ストラップを、とてもうれしそうにカバンにつけていた。

家族思いの優しいところも、あたしが颯に惹かれた理由のひとつだった。

けれど、こうしてあたしとふたりきりでいてもつねに希彩ちゃんのことを気にかけていて、いい雰囲気になったことは一度もない。

そうなってくると、この家族思いの面が日に日にうっとおしく感じられるようになっていた。

「ねぇ、希彩ちゃんももう15歳なんだから、そんなに心配しなくていいんじゃないの？」

テレビに視線を向けたまま、あたしはそう言った。

「15歳なんてまだまだ子どもだ。兄である俺が心配するのは当たり前だろ」

そう言って、颯は少し長くなってきた前髪をかき上げた。

髪は全体的にかなり伸びていて、うっとうしくなっている。

そこまで妹の心配をする暇があるなら、美容院くらい行けばいいのに。

あたしはそう思うけれど、ケンカになりそうなので黙っておいた。

颯は3年生の中でも……いや、校内でもかなりカッコいいほうなのに、自分の見た目なんかどうでもいい様子だった。
もう少し手をかければもっとカッコよくなるのに、本人にその気はない。
今日はデートだというのに無精ヒゲまで生えている。
何も知らないファンの子からすれば、ヒゲを生やした無防備な颯を見られるなんてレアだと喜ぶところだろう。
だけどあたしからすれば、彼女であるあたしよりも妹を大切にしている。
そう感じることのひとつだった。
それでも……。
颯が好きなんだから仕方がない。
あたしはそう思い、再びテレビに視線を向けたのだった。

しばらく部屋でダラダラと時間を潰(つぶ)していると、颯のスマホに着信が来た。
画面を確認した颯の顔が、一瞬にして明るくなる。
それを見て、あたしは「あぁ、希彩ちゃんからだな」と、すぐに理解した。
希彩ちゃんからの電話があったとき、あたしは静かにしていなきゃいけない。
横から話しかけて怒られたことが何度もある。
あたしはリモコンでテレビの音量を落とした。
颯は終始うれしそうに会話を弾ませている。
そろそろお腹が空いてきたな……。

そう思い、あたしはテレビ画面に表示されている時間を確認した。

夕方の5時を過ぎたところだ。

今日は颯と一緒に夕飯を済ませる予定だから、気になっていたパスタ専門店に行ってみようかな。

あのお店はいつも行列ができているから、少し早めに行ったほうがいいかもしれない。

そう思ったとき、颯が電話を切った。

「ごめん、今日はもう帰るな」

電話を切ると同時に、そう言って立ち上がる颯。

「え、帰るの!?」

驚いてそう聞き返し、あたしも慌てて立ち上がる。

「あぁ。希彩が予定よりも早く帰ってきたみたいなんだ」

そう言う颯は、すごくうれしそう。

「でも、今日は夕飯を一緒に食べる約束してたでしょ？」

「だから謝っただろ？　今、家には誰もいないんだ。俺が先に帰って待っててやらないと」

「そんな……」

あたしは、あ然として颯を見る。

希彩ちゃんだって家の鍵くらい持って出ているだろうし、留守番くらいできる年齢だ。

そう言いたかったけれど、あたしは言葉をグッとのみ込んだ。

そして、早足に玄関へと向かう颯を追いかけるようにして玄関へ向かう。

「夕飯はまた今度な。あ、どうせなら希彩も一緒でもいいよな？」
「ちょっと、待って……！」
　あたしが引き止める間もなく、颯は玄関を出ていってしまったのだった。

あたしだけを

あたしは颯が出ていった玄関先で、呆然と立ち尽くしていた。
「信じられない……」
彼女よりも妹を優先させる颯の行動に、深くため息を吐き出す。
颯と出会ったのは１年半前。
学校の行事で全校集会が行われたときだった。
あれはたしか学校の創立記念日で、卒業生たちを招いた大きなイベントが行われていたんだ。
当日は文化祭のようにたくさんの屋台が出たり、在校生による出し物が披露されたりして、かなり盛り上がっていた。
１年生だったあたしは初めてのイベントだったけれど、飲み物の担当になってしまった。
会場に入ると無料で飲むことのできるフリードリンクを、希望者に渡すだけ。
でも、卒業生と在校生、教職員を合わせて5000人を超える大イベントのフリードリンク係は、想像以上に体力を使うものだった。
紙コップの数も飲料の種類も信じられないほど多く、ペットボトルの入った箱は瞬く間に山積みになっていく。
そんな中、あたしの隣でずっとフォローしてくれていたのが颯だった。

颯は１年のときにこのフリードリンク係をやったことがあったそうで、さすがに手際がよかった。
各種類の飲料をある程度コップに注いで準備してくれたおかげで、あたしはそれを手渡すだけで済んだ。
何より颯はカッコよかった。
こんなにカッコいい男の子がずっと隣にいたら、どうしても意識してしまう。
手伝ってくれて本当に助かった……と感謝する一方で、意識しすぎて、ちゃんと仕事ができないんじゃないか……と不安になったくらいだ。
そして打ち上げのとき、あたしは勇気を出して颯と電話番号を交換したのだ。
そこからあたしたちの関係は徐々に深まっていき、半年後に恋人同士になることが叶った。
恋人になってから聞いた話だと、颯はあたしと出会ったとき、クラスメートに気になる女の子がいたらしい。
その子のことが好きかもしれない。
そんな恋心が生まれる寸前のところで、あたしと出会ったらしい。
そして、いつの間にかあたしに惹かれていったそうだ。
あたしはその話を聞いて、心底ホッとした。
颯が、もしその女の子を好きになって告白していたら？
そう考えると胸が締めつけられた。
颯のようなカッコよくて優しい男の子に告白をされたら、誰だってＯＫしてしまうだろう。

そんな颯がどうしてあたしを選んでくれたのか。

それを聞くと、颯はあたしの頭を撫(な)でてこう言ったんだ。

「小さくて、雰囲気が妹に似ているから」

あのときはその言葉になんの違和感も抱かなかったけれど、今は違う。

颯は、あたしと希彩ちゃんを重ね合わせて付き合っているのかもしれない。

抱きしめられているときも、キスをしているときも……。

颯はあたしとではなくて、あたしを通して希彩ちゃんとしているのではないか？

そんな思いが、つねにあった。

兄妹間でそこまでの愛情が生まれるなんて、あたしには信じられないことだった。

あたしには、颯と同い年の虹色(にじ)という変わった名前のお兄ちゃんがいる。

だけど、お兄ちゃんは別の学校に通っているし部屋でパソコンばかりいじっているため、同じ家にいてもあまり会話をしない関係になっていた。

あたしは自分の部屋に戻り、やつあたりをするようにベッドの上のクッションを壁に投げた。

クッションはボスッと音を立てて床に落ち、縫い目から綿が顔を出した。

こうして颯と希彩ちゃんの関係にイラつくたびに投げているせいか、クッションはボロボロだった。

「颯のバカ」

そう呟(つぶや)き、窓際にある本棚まで歩く。

そして、本棚の下の引き出しを開けて大きなアルバムを取り出した。

アルバムを開くと、そこには颯の笑顔の写真がある。

付き合う前に隠し撮りをした写真は、アルバム３冊分。

付き合いはじめてから撮った写真は、アルバム10冊分になる。

さすがに引き出しには入りきらないから、その13冊はクローゼットの中にしまってある。

この引き出しに入れてあるのは、お気に入りを集めたアルバム１冊だけだ。

これだけなら颯に見られたって、少し呆れられるくらいで済むから。

あたしは颯の写真に指を這(は)わせる。

こうして写真に触れているだけで、あたしの体は燃えるように熱くなる。

ゾクゾク、と下腹部を刺激されているような感覚に襲われながら、

「颯……」

あたしは甘い吐息を吐き出し、颯の名前を呼ぶ。

あたしは颯のことならなんでも知っている。

1999年生まれの17歳。

身長は180センチ。

体重75キロ。

細身だけど筋肉はしっかりついている。
スポーツはバスケが得意。
だけど部活には入っていない。
放課後はまっすぐ家に帰って希彩ちゃんの帰りを待っているからだ。
得意科目は数学。
苦手科目は英語。
今までの最高得点は数学の98点。
簡単な引っかけ問題を見落としていたらしい。
下唇を噛んで本当にくやしがっていたときの表情は、ちゃんと写真として保存されている。
颯は人と自分を比べることをあまりしないから、悔しいという表情はとても貴重なんだ。
ケアレスミスだったから、学力的には満点。
好きな食べ物は甘いもの。
とくにイチゴ味のチョコが好き。
嫌いな食べ物は辛いもの。
とくに七味の辛さが嫌い。
甘いものが好きっていうのは見た目とのギャップがあって、女子たちからかわいいってよく言われている。
それだけじゃない。
颯のことならあたしはなんだって知っているんだ。
颯のことを思い出せば思い出すほど、あたしの体は熱くなる。
写真だけで熱された体を弄(もてあそ)ぶように、そっと自分の下着に手を入れる。
「颯……あたしだけを見て……」
　颯が希彩ちゃんの名前を口にするたびに、あたしは自分の感情がコントロールできなくなっていくのだった……。

遊園地の思い出

　夜になり夕飯を食べるためにダイニングへと向かうと、すでに家族はそろっていた。
「純白、宿題は終わったの？」
　あたしが自分の茶碗にごはんをよそっていると、お母さんが聞いてくる。
「終わったよ」
　あたしはそうそっけなく返事をして、スマホを操作しているお兄ちゃんの横に座った。
　本当は隣になんて座りたくないけれど、イスは４脚しかないから仕方がない。
　家族そろっての夕飯のときだけは我慢していた。
「虹色、いい加減スマホはやめなさい」
　お母さんにそう言われ、ずっとスマホをいじっていたお兄ちゃんはようやくテーブルの横にスマホを置いた。
　その様子にフンッと鼻を鳴らして笑うあたし。
　この年齢になってスマホで怒られるなんて、まるで小学生みたいだ。
　パソコンにしてもスマホにしても、お兄ちゃんは執着しすぎなんだ。
「そのストラップ、まだ使ってるのか」
　お兄ちゃんのスマホを見て、お父さんがそう言った。
　見ると、そのスマホにはずいぶんと色褪（あ）せたストラップがつけられていることに気がついた。
どこかで見たことのあるストラップだ。
そう思っていると、お母さんが懐かしそうに目を細めながらほほえんで、
「これ、家族みんなで遊園地に行ったときのじゃない」
さっきまで怒っていたのが嘘のように、楽しそうな声でそう言う。
「あぁ、そうだったな。あのころは虹色が小学校6年で、純白が小学校5年生くらいだったかなぁ？」
お父さんも懐かしそうにそう言いはじめた。
そういえばそうだ。
その遊園地は何年か前に閉鎖しているけれど、ストラップについている遊園地のキャラクターは覚えている。
「虹色は、物持ちがいいのね」
懐かしいことを思い出したからか、お母さんがうれしそうにそう言った。
「そうかな」
お兄ちゃんは少し照れたように頭をかく。
その仕草のせいでお兄ちゃんのヒジがあたしにぶつかり、
「ちょっと、やめてよ！」と文句を言った。
「あぁ……悪い」
心のこもっていない口調でそう言い、食事を再開するお兄ちゃん。
あたしはムッとしてお兄ちゃんを睨みつけた。
だけど、お兄ちゃんはあたしのほうを見向きもせず、黙々

と食事をしている。

その様子に、心の中で舌打ちをする。

「ちょっとぶつかったくらいで怒らないの。純白は、このごろすぐに怒りすぎよ」

お母さんに注意されたことにさらにイラ立ち、あたしはムスッとしたままご飯を口にかき込んだ。

「昔は家族でいろいろな場所に行ったなぁ。今度また家族で出かけようか」

「あら、素敵ね。でも虹色も純白も忙しいからもう少しあとになりそうね」

目を輝かせてそんな会話をする両親を見て、あたしは小さく笑った。

「お兄ちゃんは、引きこもりのパソコンオタクだから外なんて出ないよ」

嫌味ったらしくそう言っても、お兄ちゃんはチラリとあたしのほうへ視線を向けただけで、何も言わずに食事を続けていたのだった。

夕食が終わり、自室に戻ったあたしはベッドに寝転んでいた。

さっき両親が言っていたとおり、昔は家族みんな仲がよかった。

遊園地だけじゃなく、いろいろな場所に遊びに行っていた。

お兄ちゃんは暇さえあればあたしの遊び相手になってく

れたし、勉強もよく見てくれていた。
どこにでもいる仲のいい兄妹だった。
でも、お兄ちゃんはパソコンを購入してから変わってしまった。
あたしが話しかけても返事をしなくなり、日に日にパソコンへ向かう時間は増えていった。
『宿題を教えてほしいんだけど』
中学に入ってすぐのころ、お兄ちゃんにそう声をかけると、『そんなもの自分でやれ』と言われ、見向きもしてくれなかった。
最初は、お兄ちゃんに何が起こっているのかわからなかった。
どうして突然冷たくなったのか、自分に悪い部分があったのなら謝ろうとも思っていた。
でも、お兄ちゃんの態度が変わったことに理由なんてなかったんだ。
あたしが何度話しかけてもロクに返事をせず、目も合わせない。
そんな日がずっと続いていき、次第にあたしから話かけることもなくなっていった。
理由もなく置かれた距離に、あたしはどれだけ寂しい思いをしたか……！
思い出して、強く爪(つめ)を噛(か)んだ。
あたしの寂しさは、お兄ちゃんを嫌いになるのに十分な理由になった。

お兄ちゃんがあたしを避けるなら、あたしだって同じことをしてやる。

今のあたしがこんなふうになってしまったのは、全部お兄ちゃんのせいだ。

「家族で出かけるなんて、絶対に嫌」

あたしはそう呟いたのだった。

監視カメラ

翌日、学校も休みだったので昼近くに起きると、両親はもう仕事に行っているようだった。

お兄ちゃんは……まだ寝ているか、またパソコンでもいじっているのだろう。

のろのろとリビングに向かいパンとコーヒーを流し込むと、再び部屋に戻ってベッドに寝転がる。

「今日は何をしようかな……」

颯は、数日ぶりに帰宅した希彩ちゃんと仲良く過ごしているに違いない。

そう思っただけでイラ立ちが募り、あたしは親指の爪を噛んだ。

どうせ暇だし近所のコンビニにでも行こう。

そう思って着替えを済ませて玄関に向かうと、薄い冊子が玄関のポストにねじ込まれているのが見えて、あたしはそれを引き抜いた。

それは、何カ月か前に利用した通販サイトからのパンフレットだった。

宛先の欄には、あたしの名前。

「このサイトで何を買ったんだっけ？」

たしかに通販を使った記憶はあるけれど、何を買ったのか思い出せない。

それほど重要なものではなかったからかもしれない。

あたしはとくに気に留めることもなく、起きたてのぼんやりした頭のまま玄関の鍵を開けて外に出る。

「純白？」

ふいに名前を呼ばれ、あたしは我に返って声がしたほうに目を向ける。

「颯!?」

颯が、門扉の外に立っていた。

「おはよう、純白」

「お、おはよう。颯、どうかしたの？」

聞けば、昨日のお詫びにと来てくれたという。

思ってもみなかった展開に、あたしの心は一瞬にして晴れる。

あたしは颯を部屋へ促した。

「昨日は急に帰って、本当にごめんな」

あたしの部屋に入った瞬間、颯は再び謝ってきた。

「ううん、大丈夫だよ」

あのあと、ちゃんとあたしは自分で自分を慰めたから。

そんな言葉をのみ込み、笑顔を浮かべる。

「今日は夕飯まで一緒にいられるから」

「本当!?」

あたしはうれしくなって飛び跳ねる。

「あぁ。今日は家に両親がいるから、希彩の心配はないからね」

そう言って、ほほえむ颯。

やっぱりそうか。

あたしに“悪い”と言いながら、結局、話の中心には希彩ちゃんがいる。

「今日はどこか遊びに出ない？」

あたしは気を取り直して颯に尋ねる。

「ん？　いいね。どこに行きたい？」

「先月オープンした雑貨屋さんは？」

「あぁ。あそこか。前に希彩と一緒に行ったけど、あまり楽しくなかったぞ？　他の場所にしよう」

「……そうなんだ」

あたしは笑顔を絶やさず颯を見る。

希彩ちゃんの趣味じゃなかっただけで、あたしの趣味じゃないとは限らない。

それなのに、颯はそれに気がつかない。

あたしの心の中にはイラ立ちが生まれていた。

「純白はどこに行きたい？」

また同じ質問を繰り返す颯にあたしは「う〜ん……」と、考えるフリをした。

「颯は行きたい場所とかある？」

「俺は、とくにないよ」

「……そっか」

あたしは相変わらず笑顔を張りつけてそう言った。

行きたい場所を否定されてしまったあたしには、どうすることもできない。

他の場所を探して出かけたとしても、見たいものがなければつまらないデートになってしまう。

その後もいい案は出ず、結局どこかへ出かけることもなく時間だけが過ぎていく。

ふたりでぼんやりとテレビを見ていたとき、あたしの指先に何かが触れた。

視線をやると、無造作に床に置かれた通信販売のパンフレットが目に入る。

さっきポストに入れられていたものだ。

あたしはそれを手に取り、なんとなくページをめくる。

洋服やバッグやアクセサリーを見ているうちに、自分がこのサイトで何を買ったのかを思い出していた。

そういえばネックレスを買ったんだった。

安くてかわいいハートのネックレス。

写真で見るととても素敵だったけれど、実物を手に取ってみると子ども用のオモチャみたいで、一度も身につけずに箱に入れたままになっている。

あのネックレス、どこに片づけたんだっけ。

そう思いながらページをめくる。

次の瞬間、あたしの手が止まった。

次のページの右上に小さく載っている商品に目が行く。

監視カメラ……？

声には出さずに呟いていた。

それは、小型の監視カメラだった。

最近ではペン型のカメラなども売られているけれど、これは、ぬいぐるみに仕掛けられているタイプ。

クマのぬいぐるみの、目の部分がカメラになっていた。

こんなものが売られているんだ……。

なんとなく興味を惹かれ、商品の詳細を目で追っていく。

このカメラは『ネットワークカメラ』などと呼ばれる種類のもので、スマホのアプリと連動していて、アプリをダウンロードすると、Wi-Fiネットワークを通じてスマホやパソコンからいつでもカメラの映像が見られるというものだった。

主に、ひとり暮らしの女性が防犯として自分の部屋に置くらしい。

だから、侵入者などにバレないようクマのぬいぐるみにカメラが隠されているそうだ。

「へぇ……面白そう」

「何を見てるんだ？」

颯にそう聞かれ、あたしは慌ててページをめくる。

「つ、通販のパンフレットだよ」

そう答え、パンフレットをテーブルの上に置く。

開かれているページには最新ファッション小物が載っている。

「通販か。やめといたほうがいいよ」

パンフレットをロクに確認せず、颯はそう言った。

「え？　なんで？」

「ずっと前、希彩が通販で商品を頼んだら、ものすごく粗悪な商品が届いたんだ。それ以来、我が家では通販が禁止になったんだ」

　そう言い、まるで自分のことのように顔を歪める颯。

　たしかに粗悪な商品を扱う悪質なところもある。

　だけど、そんなところばかりじゃないのに……。

　あたしは監視カメラが載っていたページに折り目をつけて、パンフレットをゴミ箱へと捨てた。

「そうだね。あたしも失敗したら嫌だからやめとくよ」

　そして、興味がないフリをしてほほえむ。

「あぁ。純白は聞き分けのいい子だね」

　そう言い、颯は満足そうにほほえむのだった。

レビュー

デートとは言えないデートを終えたあたしは、家へと戻ってきていた。

昨日行きたかったパスタ専門店に連れていってもらったものの、颯はやっぱり希彩ちゃんの話ばかりしていた。

まともに聞いていると頭がおかしくなりそうだったので、聞くフリをして、おいしいパスタを食べ終えて満足していたあたし。

だけど、最後の最後で「おいしかったね。今度は希彩を連れてこよう」と言われ、気分は一気に冷めてしまった。

家まで送るという颯の言葉を断り、あたしはひとりで帰っていた。

もう日は沈んでいて家族全員が家にいる。

あたしは「ただいま」と、声をかけて玄関を開けた。

そのとき、玄関に見慣れない靴があることに気がついた。

男物だけど、お父さんのものでも、お兄ちゃんのものでもない。

お兄ちゃんの友達でも来ているのかもしれない。

パソコン関係の高校へ通っているお兄ちゃんは、時々友人を連れてきて部屋にこもっているのだ。

パソコンの何がそんなに面白いのかあたしには理解できないけれど、お兄ちゃんの生活を見ていると、何かに熱中しているということだけはわかった。

「純白、ご飯は？」

　リビングには顔を見せず階段を上がろうとしたとき、お母さんがそう声をかけてきた。

「食べてきたから大丈夫」

「なんで外で食べてくるのよ」

　お母さんはそう言い、しかめっ面をした。

「何を怒ってるの？」

　あたしは首を傾げてそう聞き返す。

「純白、本気でそんなことを言ってるの？　今日は虹色の誕生日だって覚えてないの？」

　少し怒ったような口調でそう言うお母さんに、あたしは「あっ」と小さく呟いた。

　そういえば、今日ってお兄ちゃんの誕生日だっけ。

　興味はないし、何かお祝いをするつもりもなかったあたしは「そうだっけ？」と、首を傾げた。

　もちろん、覚えてもいなかった。

「あんた妹なんだから、少しは何かしてあげなさいよ」

「妹だからってなんでそんなことしなきゃいけないの」

　あたしはお母さんへ向けて言い返す。

　パソコンオタクのお兄ちゃんなんて、家にいてもいなくても変わらない。

「自分の誕生日のときには、財布をプレゼントしてもらってたでしょ？」

「あたし、欲しいなんて一言も言ってないし!!」

　あたしは、やつあたりをするようにお母さんへ向かってそう怒鳴り、足音を響かせて階段を上っていった。

たしかに、お兄ちゃんはあたしの誕生日にブランド物の財布をくれた。

しかも、それは前々からあたしが欲しいと思っていた物だったので、飛び跳ねて喜んだのを覚えている。

だけど、お兄ちゃんへ向かって『ありがとう』と言った覚えはなかった。

それを思い出すと少しだけ申し訳ない気分になったけれど、それとこれとは話が別だ。

お兄ちゃんが何歳になろうとあたしには関係ないし、プレゼント交換なんて考えただけで気分が悪くなる。

お兄ちゃんがあたしをどう思っているのかはわからないけれど、あたしはお兄ちゃんのことが大嫌いだった。

１階からは「あの子ったら思春期だから」と、呆れたようなお母さんの声が聞こえてきた。

思春期を抜ければ、普通に会話ができるようになるんだろうか？

そう考えて首を傾げた。

あたしにはまだよくわからない。

自室へ戻って乱暴にドアを閉めると、あたしはまっすぐにゴミ箱へと向かった。

さっき捨てたパンフレットをゴミ箱から引き抜き、ページをめくる。

折り目をつけていた監視カメラのページが、すぐに開かれた。

あたしはそれを再び目で追いながら、ベッドに座った。

通販で嫌な思いをした颯の手前、“通販は利用しないことにする”みたいなことを言ったけど、本当は嘘。

粗悪な商品が届くなんて、そうめったにない。

希彩ちゃんが、もっとしっかり利用する会社のことを調べていればよかっただけのことだ。

「1万円か……」

あたしは、パンフレットを読み直して呟いた。

クマのぬいぐるみタイプの監視カメラの値段は1万円。

高校生には少し高価な商品だけれど、買えない金額ではない。

あたしはそう思いながら、ベッド横に置かれているキャビネットに手を伸ばした。

いちばん上の引き出しを開けると、小さな白い箱が入っている。

以前、この通販で注文したネックレスだ。

あたしはパンフレットを横に置き、その箱を開けた。

中には金色のハートのネックレスが入っている。

颯とご飯を食べている間に、通信販売で買ったネックレスのしまい場所を思い出していたのだ。

手に持ってみると異様に軽く、ハートの中心に埋め込まれているガラスもまったく輝いていない。

たしか、値段は3千円だったんだよね。

この値段で結婚式などのパーティーにも使えると書いて

あったから、思わず注文したんだ。

あたしはそのときのことを思い出し、「う～ん……」と唸(うな)り声を上げた。

あたしも希彩ちゃんのことは言えないな。

もっとしっかり通販会社について調べておくべきだった。

そう思い、あたしはバッグにしまったままだったスマホを取り出した。

通販雑誌に書かれているショップ名を検索して、ホーム画面を開いてショップ利用者のレビューを調べる。

すると、さまざまな商品に対し５段階評価中、【２】がズラリと並んでいる。

「……やっぱり、この会社で買うのはやめたほうがいいのかも……」

全体的にすごく低評価だ。

ここまで評価が悪いなんて、よく通信販売が続けられるなぁ。

そう思い、呆れてしまう。

以前、買ったネックレスの評価も【２】だった。

監視カメラなんて、きちんと使えるものが来るかどうかも怪しい。

そう思ったときだった。

商品の中でたったひとつ、５つ星がついているものがあったのだ。

あたしはスマホの画面を拡大し、それを見る。

【評価★★★★★】
　これはすごい！
　あたしはひとり暮らしをしていて昼間働きに出ているので、こちらを購入しました！
　スマホと連動して画像が見られるのはとっても便利だし、画像がとにかくキレイ！
　１万円という安さで安心を買えました！

【評価★★★★★】
　正直、ここの通販には期待していなかったのですが、この商品は本当にいい！
　形もクマでかわいいし、部屋のインテリアにもなる。
　うちは３人家族で、室内犬を１匹飼っています。
　家族で出かけているときに家の様子が気になっていたので、これで安心！

「クマの監視カメラ……」
　あたしはそう呟く。
　購入者や購入理由はさまざまだけれど、購入した人は【5】か【4】の評価をつけていて、かなりの高評価だ。
　あたしはネックレスとパンフレットを交互に見る。
　心がグラグラと揺らいでいるのを感じる。
　これを買って、どうするつもり？
　自分にそう聞く。
　そんなの聞かなくてもわかっている。

颯の部屋を監視するのだ。

どうして？

また、自分に聞く。

希彩ちゃんへの愛情がどこまでなのか、確かめるため。

たんなる兄妹愛なのか、それとも……。

それ以上のことを考えると寒気がして、ブンブン、と首を振って気を取り直す。

颯の部屋に監視カメラを仕掛けるの？

……そう。

颯の部屋に監視カメラを仕掛ける。

そこに何が映っても、後悔はしない？

後悔は……。

「わからない」

あたしは左右に首を振った。

あたしは何度も颯の部屋に行ったことがある。

そこへ監視カメラを仕掛けるというのは、すごく不思議な気分だ。

あたしは、どんなことがあっても颯と一緒にいる自信はあった。

颯のどんな姿を見ても、別れることはありえない。

あたしは立ち上がり、クローゼットを開けた。

クローゼットの壁には拡大した颯の写真が張られている。

あたしは写真に頬ずりをした。

そして、服で隠すように並べられているアルバムを引っ張り出した。

　アルバムの中の颯は怒っていたり、困っていたり、笑っていたり、眠っていたり……。
　さまざまな顔を見せている。
　そのひとつひとつにキスをしていくあたし。
　あたしは、すべての颯をレンズに収めてきた。
　颯のいかなる顔も知っている。
　静止画が動画に変わるだけだ。
　だから、そこに何が映っても、きっとあたしは……。
「大丈夫」
　そう呟き、あたしはニヤリと笑ったのだった。

兄の友人

パンフレットを片手に部屋を出たとき、向かい側のドアが同時に開いた。
「あ、こんにちは」
出てきた相手には見覚えがあり、あたしは頭を下げる。
「お邪魔してます」
そう言い、さわやかにほほえむ青年。
身長は颯よりも高く、痩せ形の彼はお兄ちゃんの友達だ。
あたしは、玄関に見知らぬ靴があったことを思い出していた。
彼は何度か家に来たことがあり、名前はたしか……叶篤夢さんだったと思う。
お兄ちゃんと同じ北松高校の3年生だ。
今日はお兄ちゃんの誕生日だから、家族と一緒にお祝いしていたのかもしれない。
叶さんはお兄ちゃんの何倍もカッコよくて、颯と同じように学校内でもすごく人気があるのだと聞いたことがあった。
だけど彼女はいないようで、学校中の女子生徒が叶さんの彼女の座を狙っているらしい。
あたしも、もし颯と付き合っていなかったら叶さんのことを好きになっていたかもしれないなと、時々思うほどの美青年だった。

「何を持ってるの？」
　叶さんにそう聞かれ、あたしは自分の手元に視線を落とした。
　そこには、ついさっき購入することを決めた通販雑誌が握られている。
「通販雑誌です」
「へぇ、雑誌を見て買ってるの？」
「ネットでも買いますよ？　たまたま今日はポストに入れられてたから」
「あぁ、そうなんだ。買うときは言いなよ？　その通販サイトのポイントが貯まってるから」
「え、いいんですか？」
　思わぬ言葉にあたしは目を輝かせる。
「あぁ。１ポイント１円で使えるポイントが、もう３万円分くらいあるんだ」
「３万ポイントも!?」
　あたしは目を見開く。
　通販などのポイントは購入しないと入らない。
　３万ポイントも貯まるということは、相当利用しているのだろう。
　３万ポイント……。
　それならこの監視カメラがすぐに買える！
　あたしは思わず顔がニヤけていくのを感じていた。
「で、でも申し訳ないですよ」
　口先ばかりで申し出を断ると、叶さんは「俺は今、欲しいものがないし、今月末でポイントが失効されるからもったいないんだよね」と、困ったような顔をした。

それなら甘えられる!!

消えてしまうポイントなら、いくら使っても怒られないだろう。

「お……お願いできますか？」

「あぁ、いいよ。何が欲しいんだ？」

「これです」

３万ポイントの誘惑に負けたあたしは、叶さんに監視カメラを見せたのだった。

購入することを決めても今月分のおこづかいは使い果たしていて、すぐには手に入らないと思ったあたしは、舞い上がるような気分だった。

スマホで手際よく購入手続きをする叶さんに、心臓はドキドキと早くなる。

「よし、購入完了だ。１週間以内には送られてくるはずだよ。住所はこの家にしておいたからね」

「本当ですか!?　ありがとうございます！」

自分のお金を１円も使わずに購入は完了した。

偶然にしても、今日ここに叶さんがいてくれてよかった！

あたしはその場で飛び跳ねそうになるのを我慢して、叶さんに頭を下げたのだった。

翌日。

あたしは浮き足立った気分で学校へ来ていた。

早く監視カメラが届かないかな。

頭の中はそればかりだ。

昨日注文したばかりなのに、もう待っていられない気分になっている。

「おはよう、純白」

ウキウキしながら自分の席に座っていると、声をかけられて振り向いた。

そこに立っていたのは、友人の江原杏里(えはらあんり)。

杏里は長い黒髪をうしろでひとつにまとめ、ピンクのリボンで留めている。

小柄で守ってあげたくなるタイプの女の子だ。

身長165センチでショートカットのあたしとは正反対のタイプだけれど、あたしたちは親友と呼び合えるくらい仲良しだった。

「おはよう、杏里」

「ねぇ純白、聞いてくれる？」

自分の席に荷物を置いて、すぐに駆け寄ってくる杏里。

その頬は少し赤く染まっている。

「どうしたの？」

「じつはね、あたし……」

そこまで言い、あたしの耳に口を近づける。

「好きな人ができちゃった」

コソッとそう言い、頬をピンクに染める杏里。

その様子に思わず吹き出しそうになる。

好きな人ができた、と友人にカミングアウトするだけでこれほど照れてしまうなんて、本当にかわいい。
純粋すぎる杏里の反応に、あたしは笑いを我慢することで精いっぱいだった。
だけど、女のあたしでもかわいいと思ってしまうくらいだから、杏里の恋はきっとうまくいくだろう。
「それってどんな人？」
笑いが収まったあたしは尋ねる。
「他校の年上の人」
「どこで知り合ったの？」
「昨日、駅前のデパートに服を買いに出かけたんだけど、あたし途中で財布を落としちゃったの」
「えぇ？　それ、大丈夫だったの？」
「うん。その年上の人が落としたのを見てたみたいで、追いかけてきて手渡してくれたの。それから名前と年齢と学校名だけ聞いて帰ってきたんだけど、すごくカッコよくて、優しくて、忘れられなくなっちゃった」
杏里はそう言い、相手の顔を思い出したのか目をトロンとさせた。
「へぇ、優しい人でよかったね」
それに、もっとも杏里らしい恋の落ち方だと思った。
ハンカチを落として拾ってもらったり、曲がり角でぶつかったり……。
そういうマンガやドラマになりそうな出会いが、杏里にはよく似合う。

「でもね、純白……」
　スッと表情を暗くして、杏里があたしを見る。
「あたし、人を好きになったことがほとんどなくて、どうすればいいかわからなくて……」
「でも、名前も学校名もわかるんだよね？　お財布のお礼をしたらいいじゃん」
「それは……そうなんだけど……」
　モジモジしてうつむいてしまう杏里。
　相手の学校まで行くことも、相手に会うことも恥ずかしいのかもしれない。
　極度の人見知りな杏里が、相手に名前と年齢、学校名を聞けただけでもすごいことだ。
　そこまで頑張れたなら、もう一歩前進することだってできるはずだ。
「やってみないと、何もはじまらないよ？」
　あたしは怯(おび)えている杏里の背中を押す。
「だけど……」
「相手だって杏里からのお礼を待っているかもしれないよ？　もしかしたら、杏里がかわいいからずっと見ていて、たまたま財布が落ちたから追いかけてきてくれたのかも！」
「そ、そんなことない！」
　あたしの言葉に杏里はますます赤くなる。
　だけど、少しだけ勇気が出てきたみたいだ。
「やってみなきゃ、わかんないよね。それに、お礼するのは当然だし」

自分に言い聞かせるようにそう言い、杏里は頷(うなず)いた。
やってみなきゃわからない……。
そうだよ杏里。
何が起こるかなんて、やってみなきゃわからないんだよ。
だからね……我慢なんて……しなくていいの……。

人影

放課後になり、学校を出たあたしは足早に家までの道を歩いていた。
監視カメラはまだ届いていないとわかっているけれど、気持ちが先だって早足になってしまうのだ。
学校から離れ、人通りが少ない道を歩いていく。
大通りからは車が何台も通りすぎていく音が聞こえてくるけれど、旧道を通る車は少ない。
その代わり信号も設置されていないので、歩きや自転車などで通るときには最適なのだ。
自分の家の屋根が遠くに見えはじめたとき、あたしはふと視線を感じて立ち止まった。
あたりに視線を投げる。
だけど、狭い路地に人影はない。
隠れるような場所もないし、ただの勘違いかと思い再び歩きはじめる。
でも、一度視線を感じると気になりはじめる。
誰もいないのに何度も立ち止まっては振り返り、周囲を確認する。
「なんなんだろう……？」
あたしは眉間にシワを寄せてそう呟いた。
いつもは感じない違和感がある。
その気持ち悪さに、歩調はさらに速くなった。

そのときだった。

「純白!!」

うしろから突然声をかけられて、あたしは驚いてその場に立ち止まった。

声がしたほうを振り返ると、杏里が息を切らして走ってくるのが見えた。

「杏里、どうしたの？」

「忘れ物だよ！」

杏里はそう言い、あたしのノートを手渡してきた。

「あ、本当だ！」

そういえば、今日の放課後に返却されたんだっけ。

それをカバンに入れず、そのまま机に置いてきてしまったことを思い出した。

「もう純白ってば、歩くのが速いんだから」

杏里はそう言い、汗をぬぐった。

学校で気がついたから慌てて持ってきてくれたんだ。

視線の正体は杏里だったのか……。

そう思い、ホッと胸を撫で下ろす。

「ありがとう、杏里。どうせだから久々にうちに寄っていく？」

「えへへ。じつは純白を追いかけながら途中でそのつもりになってたんだ。ここまで来てそのまま帰るのも嫌だなぁって」

杏里はそう言って笑った。

「いいよ。ついでに宿題も一緒にやろう」

あたしはそう言って、杏里と歩き出したのだった。

家に帰ると、お兄ちゃんはまだ帰ってきていなかった。

なんとなくホッとしながらあたしは杏里を部屋に入れて、オヤツとジュースを出した。

「ありがとう」

杏里はそう言いジュースを一気に飲み干して、ようやくホッとした表情を浮かべた。

「純白ってば、歩くの速すぎ」

「まさか杏里がついてきているなんて知らなかったから、ごめんね？」

「いいけど、すごく焦ってたみたいだけど、どうかしたの？」

杏里が少し深刻な表情を浮かべてそう言った。

「なんだか視線を感じるような気がしてたんだけど、勘違いだったみたいだから大丈夫だよ」

「本当に？」

杏里が眉を下げてそう聞いてくる。

「うん。振り向いても誰もいなかったし」

「それならいいけど、純白はかわいいんだから気をつけないとダメだよ？」

杏里に困り顔でそう言われ、あたしは思わず吹き出してしまった。

あたしが誰かに付きまとわれるなら、杏里だって十分に危ない。

「あたしは大丈夫だよ。それより、宿題、早く終わらしちゃおう」

　あたしは笑顔でそう言って、テーブルにプリントを広げたのだった。

考えすぎ

今日は杏里と一緒に勉強をしたおかげで、ずいぶん早く宿題を終わらせることができた。

あたしと杏里じゃ大した学力的な差はないけど、教え合える分、早く進む。

夕方になり、杏里を玄関先まで見送ったときのことだった。

ふいに視線を感じてあたしは周囲を見まわした。

あたりには誰もいなかったし、とくに変わった様子はない。

「純白、どうしたの？」

杏里にそう聞かれて「ううん、なんでもない」と、首を振る。

だけど、視線はずっと感じたままだった。

今日は、いったいなんなんだろう？

帰り道に感じた視線も、もしかしたら杏里のものじゃなかったのかもしれない。

「じゃぁ、あたしは帰るね」

杏里がそう言い手を振って背を向けた。

「杏里、気をつけて帰ってね！」

思わず、大きな声でそう言う。

杏里は驚いたように振り返り、そしてほほえんだ。

「わかってる」

大きく手を振る杏里を見届けて、あたしは家の中へと戻ったのだった。

自室でマンガを読んでゴロゴロと過ごしている間に、夜になっていた。
夕飯を食べてリビングで家族と一緒にテレビを見ていると、お兄ちゃんがお風呂から出る音が聞こえてくる。
それと同時に、一緒にテレビを見ていたお母さんが声をかけてきた。
「純白、お風呂に入っちゃいなさい」
「えぇ？　今テレビ見てるんだけど」
あたしは面倒くさくてそう返事をした。
テレビは面白いし、正直お兄ちゃんが入ったあとのお風呂に入るのは嫌だった。
「わがまま言わないの」
そう言って睨まれたので、あたしは渋々ソファから立ち上がった。
リビングを出て脱衣所へ向かう途中、お兄ちゃんとすれ違う。
一瞬目が合うけれど、あからさまに視線を外してあたしは大股でお兄ちゃんの横を通りすぎた。
背後から、お兄ちゃんが軽くため息を吐き出すのが聞こえてきた。
だけど、あたしはそれを無視して、脱衣所へと入ったのだった。

ぬるめのお湯に肩までつかると、目を軽く閉じてホッと息を吐き出した。

ギスギスした気持ちが、柔らかくほぐれていくような気がする。

心地よい温かさに包まれていたとき、ふと曇った窓から視線を感じた。

全身を包み込むような不快感に、ゾクリと背筋が寒くなる。

まただ……！

そう思い、思い切って窓へと顔を向けた。

一瞬曇ったガラスの向こうに、黒い人影が見えた気がした。

しかし、それは一瞬で消えてしまった。

「お……お母さん!!」

あたしは、リビングにいるお母さんを大声で呼んだ。

「何？」

脱衣所からお母さんの声が聞こえてくる。

「お母さん、外に誰かいる！」

「えぇ!?」

あたしの言葉に、お風呂の外が騒がしくなる。

お父さんが、ドタドタと足音を響かせて外へ出ていく気配があった。

「今、お父さんに見に行ってもらったから、早く出てきなさい」

そう言われ、あたしは慌てて体を洗った。

体は完全に温まったとは言えなかったけれど、仕方がない。

すぐにお風呂から出て部屋着を身につけリビングへ向かうと、「誰もいなかったぞ」と、野球バットを手にしたお父さんが言った。

「嘘!?」

あたしは、たしかに外の人影をこの目で見た。

学校から帰るときから気味の悪い視線も感じている。

あたしの考えすぎなんだろうか？

「本当だ。まぁ、逃げていったのかもしれないけどな」

「また何かあったら、すぐに言いなさいよ？」

お母さんにそう言われ、あたしはなんとも言えない気味悪さを感じながら黙って頷いたのだった。

撃退

「純白、そろそろ起きなさいよ！」

１階からお母さんの声が聞こえてきて、あたしは目を覚ました。

気分が悪いままベッドに入ったあたしは、あまりよく眠れなかったのでまだ眠気がある。

昨日片づけた宿題を提出しなきゃいけないし、今日は遅刻するわけにもいかない。

あたしはどうにか目を開けて着替えをした。

重たい体を引きずるようにダイニングへ向かい、少しだけご飯を食べる。

「純白、目の下が真っ黒だけど大丈夫なの？」

お母さんが心配そうに聞いてくる。

「うん……。昨日あんまり眠れなくて……」

「何かあったのか？」

お兄ちゃんに聞かれて、あたしはそっぽを向いた。

「昨日、純白がお風呂に入ってるときに視線を感じたらしい。すぐに外へ出たが誰もいなかった。だけど、少し用心したほうがいいかもしれないぞ」

あたしの代わりに、お父さんがそう説明した。

その言葉に、お兄ちゃんは驚いたように目を丸くしている。

「そんなことがあったのか」

「そうよ。虹色も気をつけなさいよ」
お母さんはそう言ったのだった。

家を出たあたしは、すぐにお兄ちゃんに呼び止められた。
「純白、学校まで送る」
そう言うお兄ちゃんに、あたしは目を丸くした。
まさかそんなことを言い出すなんて、思ってもみなかったから。
「そんなことしてもらわなくても大丈夫だよ」
あたしはそう返事をして歩き出した。
お兄ちゃんが、あたしの学校までついてくるなんてありえない。
無精ヒゲが生えたお兄ちゃんを生徒たちに見られるのは死ぬほど恥ずかしいし、何よりも兄妹だと思われることが嫌だった。
それでもあたしのことを気にして、うしろから声をかけて来るお兄ちゃん。
あたしはその言葉を無視し、逃げるように学校へ向かったのだった。

異変を感じたのは、それから数分後のことだった。
昨日と同じような視線を感じたあたしは、周囲を見まわした。
数人の学生と行き交う車。
その中に怪しい人影はない。

だけど、あたしの歩調は自然と速くなる。

視線はどこまでもついてきて、あたしの体に絡みついてくる感覚だ。

額から汗がにじみ出て、お兄ちゃんを突き放してしまったことを後悔しはじめる。

学校まであと少し。

校門に入ってしまえば大丈夫なはずだ……！

そう思った瞬間。

うしろから肩を叩かれて、あたしは飛び上がるほど驚いた。

その勢いで振り返ると、そこには知らない男性が立っていた。

紺色のスーツを身につけ、手には黒いカバンを持っている。

どこにでもいるサラリーマンだ。

「キミ……」

「な、なんですか？」

体中が震えて、か細い声しか出ない。

「ハンカチを落としたよ？」

男性はそう言い、白いハンカチをあたしに差し出してきた。

え……？

ハンカチって……あたしは首を傾げて自分のポケットに手を入れる。

ハンカチは、ちゃんと持っている。

男性が持っているのは、見たことのないハンカチだ。
「あれ？　じゃぁ別の人が落としたのかな？」
あたしの反応を見て男性はそう言うと、気まずそうにほほえんだ。
「そ、そうみたいですね」
あたしはそう返事をして、ホッと胸を撫で下ろす。
この人は危険じゃなさそうだ。
「引き止めてごめんね」
男性はそう言うと、体の向きを変えて歩き出した。
なんだ、やっぱり視線はあたしの勘違い……そう思って歩き出そうとしたとき、違和感が胸を突いた。
男性が持っていた白いハンカチを思い出す。
たしかに女性物だったけれど、それは真新しいと思えるほど真っ白で、地面に落ちたような汚れもなかったのだ。
あたしは男性のうしろ姿をジッと見つめる。
「純白ちゃん、ちょっとどいてて」
そんな声がして振り返ると、そこには叶さんが立っていた。
「叶さん!?」
驚いて名前を呼ぶが、叶さんは返事もせずにまっすぐさっきの男性へと向かっていってしまった。
叶さんは男性に何か話しかけている。
その次の瞬間、男性が暴れはじめたのだ。
周囲を歩く通行人に、男性を取り押さえるように助けを求める叶さん。

　すぐに通勤途中の数人の男性が駆けつけた。
　あたしはその様子を、あ然として見つめる。
　いったい何が起こっているんだろう？
　知りたいけれど、近づくことができない。

　しばらくしてから、叶さんが男性の革靴を片方持ってあたしのほうへと近づいてきた。
「どうしたんですか？」
「あいつは盗撮魔だ。黒い革靴の先端に小型カメラが仕掛けてあって、女子高生と接近してスカートの中を撮影していたんだよ」
　そう言うと、叶さんは靴についているカメラをあたしに見せてきた。
　それはよく見ないと気がつかない程度の小さなもので、あたしは思わず悲鳴を上げていた。
「最近このあたりで変質者が出るって噂を聞いてて、気をつけたほうがいいと思ってたんだ。偶然、俺が通りかかってよかったよ」
　叶さんはそう言いほほえむ。
「そうだったんですか。じつは昨日から妙な視線を感じていて……」
「あぁ。あの男はターゲットを決めて付きまとったりもしていたらしい。まさか純白ちゃんが狙われてるなんて思ってもいなかったけどね」
　叶さんはそう言うと、あたしの頭をポンッと撫でた。

やっぱり、あの視線は気のせいなんかじゃなかったんだ!!

風呂を覗(のぞ)いていたのも、あの男性に違いない。

そう思うと、怒りと恐怖が湧いてくるのを感じた。

男性はまだ取り押さえられていて、やがて遠くからパトカーの音が聞こえはじめたのだった。

結局、女子高生の下着を盗撮していた男はそのまま逮捕されてしまった。

今までの被害人数は20人を超えるということで、大きなニュースにも取り上げられていた。

叶さんがあの場に居合わせてくれたおかげで、あたしは助かったのだ。

その日の授業はまったく、といっていいほど身に入らなかったけれど、宿題を提出できただけでもよかったということにしておいた。

家に帰るときも昨日感じた視線はどこにもなくて、安心してお風呂に入ることもできた。

「カメラを犯罪に使うなんてサイテー」

あたしはそう呟く。

だけど、一歩間違えればあたしだって同じようなことをするかもしれない、ということだった。

風呂から出て自室に戻ったあたしは、クローゼットを開けて颯の写真を取り出した。

「あたしは颯のためを思ってカメラを設置するんだから、

あの男とは全然違うんだからね？」

写真の颯へ向かって、さらに自分に言い聞かせるように、あたしはそう呟いたのだった。

2章

アプリ

叶さんに商品を注文してもらって3日がたっていた。
授業を終えたあたしは、早足で家へと向かう。
部活もバイトもしていないあたしは、この時間をフル活用して颯の隠し撮りをしているのだ。
それなのに、今日はカメラを持ってくるのを忘れてしまった。
自分のドジさ加減にウンザリしながら玄関を開ける。
本当なら、今ごろ颯の姿を何枚も写し終えていたはずなのに……。
そう思うと、悔しくて爪を噛んだ。
そのときだった。
玄関先に荷物がひとつ置かれているのが目に入った。
その荷物にはあたし宛の名前が書かれていて、通販サイトの名前も入っている。
「あ!!」
その瞬間に、学校にカメラを忘れたことなんてどうでもよくなってしまった。
あたしは荷物を抱え、階段を駆け上がる。
——バンッ!
と自室のドアを勢いよく閉めて、ベッドに座った。
「届いた……」
そう呟き、ダンボールに張られているガムテープを力づくではがす。

中は四方が発泡スチロールに囲まれ、壊れないよう厳重に梱包されていた。

あたしは周囲の発泡スチロールを取り、ビニールに包まれている商品を手に取った。

そして、ビニールから取り出し確認する。

「これが監視カメラ……？」

通販雑誌で見たように、それはクマのぬいぐるみにしか見えない。

重さも思った以上に軽く、ぬいぐるみと言って手渡しても不審がられることはなさそう。

あたしはダンボールに入っている説明書を手に取った。

カメラのレンズはクマの右目にあるらしい。

あたしは右目をまじまじと確認して「本当だ！」と、驚きの声を上げた。

よく見ないとわからないようになっている。

これなら颯に気づかれることもなさそうだ。

そう思い、舌なめずりをする。

「スマホのアプリをダウンロードしなきゃ」

あたしは説明書に書かれているＱＲコードを読み取り、サイトにつなげた。

サイトには商品と同じクマの写真が載っていて、なんだか楽しそうなイメージだ。

あたしは躊躇することなくアプリをダウンロードし、監視カメラの電源を入れた。

そして、説明書に従いWi-Fiを設定すると……。

「うわ、すごい……!!」

クマを自分のほうへ向け、スマホで確認してみると自分の顔がハッキリと映し出された。

その映像は想像以上で、動いてもブレたりはせず、まるで小さな映画館にいるような感覚になる。

「でもこれ、音声は拾わないんだよね……」

マイクはついていないようで、あたしの呟きはスマホからは聞こえてこなかった。

まぁいいか。

１万円と安い商品だし、これだけ鮮明な動画が見られるんだから十分だ。

あたしはそう思い、クマのぬいぐるみをギュッと抱きしめたのだった。

あたしが監視カメラの画像を見ていると、部屋のドアがノックされた。

「はい」

スマホを閉じて返事をすると「荷物、届いてたぞ」と、部屋の外からお兄ちゃんの声が聞こえてきた。

「わかってる」

冷たい口調でそう言うと、部屋の前から遠ざかっていく足音が聞こえてきた。

お兄ちゃんが、荷物を受け取ってくれていたみたいだ。

「引きこもっていて気配がないから帰ってるかどうかもわ

かんないっつーの」
　あたしはそう小さく呟く。
　普段、会話はしないけれど、さすがに荷物のことは声をかけたほうがいいと思ったのだろう。
　だけど、その声を聞くだけでイライラする。
　自分のお兄ちゃんと颯が同年代だなんて思えない。
　颯のようなお兄ちゃんを持っていれば、周囲に自慢だってしたくなるだろう。
　希彩ちゃんが颯にベッタリなのも、気持ちは理解できる。
　あれだけカッコよければ、誰にも取られたくないと思ったりするかもしれない。
　でも、颯や希彩ちゃんのように兄妹で終始べったりしている場面を想像しただけで、あたしは吐き気を覚えた。
「兄妹愛なんて、あたしとお兄ちゃんの間には存在してないし」
　そう呟き、フンッと鼻を鳴らす。
「颯にあげる愛情だけで手いっぱいだしね……」
　あたしはクマをギュッと抱きしめたまま、そう呟いたのだった。

放課後デート

　翌日、あたしは紙袋にクマのぬいぐるみを入れて学校へ持ってきていた。
　ぬいぐるみは新しい箱に入れられ、キレイな包装紙で包まれている。
「おはよう純白。今日はすごい荷物だね？」
　教室で杏里にそう言われ、あたしはニッコリとほほえむ。
「今日は颯の誕生日なの」
　そう言うと、杏里は「あ！　そうだった！」と、声を上げた。
「ごめん、あたしすっかり忘れてた……」
「杏里が気にする必要はないでしょ？　他に好きな人がいるんだから」
「そうだけど……。でも、颯先輩にはいつもお世話になってるし……」
「そうかな？　それなら、杏里がおめでとうって言ってたって伝えておくから大丈夫だよ」
「ありがとう、純白。颯先輩の誕生日って毎年プレゼントがすごいんでしょ？」
　そう聞かれ、あたしは眉を下げた。
「そうなんだよね。今日もきっとたくさん貰ってると思うんだぁ」
　モテモテだけど優しい颯は、人からのプレゼントをないがしろにしたりはしない。
　ひとつひとつ快く受け取ってしまうのだ。
　だから、颯の誕生日は女の子たちにとって格好のチャンスだった。
　だって、彼女であるあたしを気にせず颯に近づける日だから。
　プレゼントの中にはラブレターが入れられているものもあるし、手作りのものもある。
　もし万が一、颯の心に刺さるものがあったとしたら？
　そう考えると、１年でいちばん不安を感じる日でもあるのだ。
「モテる彼氏を持つと大変だね」
　あたしの不安を察したように杏里が言う。
「うん……」
　落ち込んでいると、杏里があたしの頭を撫でてきた。
「純白は何をプレゼントにしたの？」
　そう聞かれ、あたしはパッと目を輝かせる。
「クマのぬいぐるみ！」
　その返事に杏里は目をパチクリさせる。
「クマのぬいぐるみ……？」
「そう！　とってもかわいいんだよ！」
「そ、そうなんだ……？」
　杏里は首を傾げている。
「颯先輩は、クマのぬいぐるみが好きなの？」
「ううん、ぜーんぜん？」

杏里はますますわからない、という様子で首を傾げる。

だけど、あたしは気にしない。

今年は最高のプレゼントだ。

「今日は颯を放課後デートに誘ったんだぁ」

「そうなんだ？　楽しんできてね」

杏里にそう言われ、あたしは大きく頷いたのだった。

案の定、校内で時々颯の姿を見かけるたびに、いろいろな女の子たちから誕生日プレゼントを受け取っていた。

中にはあたしの姿に気がついて、敵意を剥き出しにして睨みつけてくる女子生徒もいた。

そんな子にまでニコニコとほほえんで、上機嫌にプレゼントを受け取る颯。

颯は、いったいどこまで鈍感なんだろうと頭を抱えたくなってしまう。

あたしは何度も「受け取らないで！」と言おうと思ったけど、どうにか我慢して放課後を迎えることができた。

「純白！」

下駄箱であたしの名前を呼ぶ颯の両手には、大きな紙袋が握られている。

きっと、あの中は全部プレゼントなのだろう。

その様子にムッとしながらも、あたしは笑顔を作った。

「おまたせ、颯」

「全然待ってないよ。今日はどこに行く？」

プレゼントをたくさん貰ってうれしかったのか、颯はいつもよりご機嫌だ。
「今日は颯の部屋に行きたいなぁ」
　あたしは上目づかいになってそう言う。
「俺の部屋？　別にいいけど、行きたい場所はないのか？」
「じゃぁケーキ屋さんに寄ってから行こう？　今日は颯の誕生日だもんね」
「ケーキか。それなら希彩の分も買って帰るか」
　颯の言葉にピクリと反応するあたし。
　だけど今は我慢だ。
「そうだね、あたしが全部奢ってあげるよ！」
　そう言い、あたしたちは歩き出したのだった。

　颯の家につくまでに、あたしたちは近くのケーキ屋さんに立ち寄った。
　たくさんあるケーキの中から王道のショートケーキをふたつと、希彩ちゃんが好きだというチーズケーキをひとつ買った。
「どうぞ」
　玄関まで来て、颯があたしに入るように促す。
「お邪魔します」
　颯の家にお邪魔するのは久しぶりなので、少し緊張する。
　でも、颯の両親は共働きで今の時間帯は留守なので、ホッと息を吐いた。
　颯の部屋に入ると、そこには以前と変わらない風景が広がっていた。

部屋に入って真正面に大きな出窓があり、その前にベッドが置かれている。

右側がクローゼットになっていて、ドア側にテレビや棚が置かれている。

「さっそく、誕生日パーティーしようか」

そう言い、あたしは中央に置かれているテーブルの前に座る。

「パーティーって言ってもふたりだけだけどな」

そう言い、颯は笑う。

あたしはテーブルにふたつのケーキを並べた。

希彩ちゃんの分は冷蔵庫だ。

「あ、少ないけどロウソクもつけてくれてるよ」

箱の側面にはお店のサービスで誕生ケーキ用のロウソクが２本ついていた。

「ロウソクまでいらないのに」

少し恥ずかしがる颯のケーキにロウソクを２本立てた。

「颯、マッチ持ってる？」

そう聞くと、颯は引き出しからマッチを取り出して持ってきた。

見るとそれは昨年、公園で花火をしたときの残りのマッチだった。

ライターやマッチといった類はそんなに必要としないから、仕方ないけれど、ちゃんと火がつくのかな？

そう思ってマッチをすると、ちゃんと火がついた。

「電気消すね」

「本格的だな」
　颯はそう言い、笑う。
　太陽の明かりが入ってきて真っ暗というワケにはいかなかったけれど、なんとなく雰囲気は出た。
　薄暗い中、ロウソクの明かりが揺れて颯の顔を浮かび上がらせる。
　あたしはハッピーバースデーを歌い、颯は照れたように頭をかく。
「吹き消してよ」
「あぁ」
　フッと息を吹きかけて、部屋は薄暗さに包まれる。
　燃えたロウソクの香りが心地いい。
「18歳おめでとう、颯」
「ありがとう、純白」
　そう言い、颯があたしの体を引き寄せる。
　ここまでして、ようやく颯は女としてあたしを見るのだ。
　でも、それも簡単にかき消される。
　玄関が開く音がして、颯はあたしから身を離した。
「希彩が帰ってきたな。ちょっと待ってて」
　そう言うと、そそくさと部屋を出る颯。
　あたしは颯のうしろ姿を見送る。
　バタンと、ドアが冷たく閉じられた。

　やっぱり颯は、彼女よりも妹が大切。
　あたしはそう思いながら立ち上がり、部屋の電気をつけた。

それに、たくさんもらっている誕生日プレゼント……。

ふつふつと嫉妬心が湧いてくるのを感じる。

颯はあたしの彼氏だ。

それなのに、どうしてこんな気持ちにならないといけないんだろう。

１階からは颯が希彩ちゃんと楽しそうに笑っている声が聞こえてくる。

あたしが買ってきたチーズケーキを食べているのかもしれない。

あたしはグッと拳を握りしめる。

颯はまだあたしのものになっていない。

彼氏彼女でありながら、颯の心はあたしだけのものじゃない。

あたしは自分が持ってきたプレゼントを取り出し、ラッピングをビリビリに破いた。

昨日包装紙を買ってきて、不器用ながら頑張って包んだけれど、もうそんなことはどうでもよかった。

ラッピングされたまま置いておくと誰にもらったプレゼントなのかも、わからなくなってしまう。

箱からクマを取り出し、ベッドのほうを向くように棚にセットすると、スマホを取り出し、監視カメラの映像を確認しながら向きを調節。

ちょうど、テーブルとベッドがカメラに映るように設置した。

勉強机は置かれていないから、颯が部屋にいるときは、きっとこのあたりだろう。

そして、最後にWi-Fiを設定する。

箱や包装紙を自分の紙袋に詰め込み、カバンを持つ。

「今日のデートも最低だったよ」

そう呟き、あたしは部屋を出たのだった。

夜

勢いで颯の家を出たあたしは、帰り道を歩きながら颯にメールを送った。
【なんだか体調が悪いから今日は帰るね。
颯、18歳の誕生日おめでとう！
ケーキはちゃんと食べてね？
あと、棚にクマのぬいぐるみを置いてあります。
あたしからのプレゼントだよ。
クマさんがいちばん居心地よさそうな場所に置いておいたから動かさないでね。
じゃぁ、また明日学校で！】
普通は、彼女が途中で帰ってしまえば慌てるだろう。
すぐに家を出て、追いかけるかもしれない。
だけど、きっと颯は慌てない。
メールを信じ込み、あたしを追いかけようとはしない。
【そっか。お大事に！
ケーキとプレゼントありがとうな！】

短いメールが来てあたしは思わず笑った。
ほら、ね。
体調が悪いと書いたのに、家まで送っていこうとは思わないのだ。
なぜって、希彩ちゃんがすぐ近くにいるから……。

あたしは手の中でスマホをグッと握りしめた。

颯、あなたの妹へ対する愛情は間違ってる。

あたしがこれから証明して、そしてあなたを救い出してあげるからね……。

家に帰ってきたあたしは、珍しくお兄ちゃんに呼び止められた。

お兄ちゃんは分厚いレンズの眼鏡をかけていて、頭はいつもボサボサ。

自分の見た目に興味がないようで、数日間パソコンの前から動かないときもある。

世間的に見れば典型的なパソコンオタクだ。

引きこもらず学校に通っているからまだ厳しい意見を言う人はいないけれど、その見た目はすでに引きこもりそのものだ。

そんなお兄ちゃんから「ちょっといいか」と、玄関先で声をかけられたものだから、あたしはあからさまに嫌な顔をしてしまった。

ここ最近、兄妹間でまともな会話なんてしていないし、どう返事をすればいいか困ってしまう。

「何？」

「お前さ、何を買ったんだよ」

「はぁ？」

「通販だよ。何か届いてただろ」

あぁ。

監視カメラのことか。

「服だけど？」
あたしは面倒くさいのを隠さず、あからさまに不機嫌な口調で返事をする。
「服か……」
あたしの言葉に、表情を柔らかくするお兄ちゃん。
その態度にあたしは疑問を感じた。
もしかしてお兄ちゃんは、あたしが何を買ったのか気がついてるのかもしれない。
「どうしてそんなこと聞くの？」
「いや……篤夢が期限切れが迫っているポイントを使って買ったって聞いたから……」
頭をかいてそう言うお兄ちゃん。
叶さんがお兄ちゃんに話したのか。
でも、何を注文したのかまでは言っていないようだ。
「叶さんにはちゃんとお礼しとくし、お兄ちゃんは関係ないでしょ」
あたしはそう言い、自分の部屋に急いだのだった。

夜になり、あたしは夕食とお風呂を済ませてまっすぐに自分の部屋に戻っていた。
ソワソワしながらスマホを開き、ダウンロードしたばかりの監視カメラを起動する。
画像の通信で少し時間はかかるけれど、ちゃんと颯の部屋が映し出された。
「すごい……」

今日あたしが設置した位置からぬいぐるみは動かされていないようで、ちゃんとテーブルやベッドが映っている。
テーブルの上には食べ終えたケーキのお皿がふたつ置きっぱなしになっているのが見えた。
「あたしがいなきゃ片づけもできないんだから」
そう言い、笑う。
テーブルのまわりにはカラフルな包装紙も散乱している。
女の子たちからのプレゼントを開けたのだろう。
あたしはそれを見て、親指の爪を噛んだ。
いったい何をもらったんだろう？
テーブルの上にはマグカップや財布といったものが置かれているけれど、これだけじゃないはずだ。
「そういえばズームもできるんだっけ」
あたしは思い出し、画面をズームさせる。

さっきまで小さく映っていた包装紙が、拡大されて鮮明に映し出される。
それらに混ざって、写真立てが置かれているのが見えた。
女の子が好みそうなかわいらしい写真立てだ。
「こんなの颯は使わないよ」
吐き捨てるように呟いたとき、画面上に誰かの足が映り込み、あたしは慌ててズームを戻した。
包装紙のあたりに立っているのは希彩ちゃんで、そのうしろから颯が部屋に入ってきた。
希彩ちゃんはその場にしゃがみ込み、さっきの写真立てを手に取る。

そして颯のほうを振り向き、何かを話しはじめる。

「あ……」

あたしはその光景にハッとした。

颯は女の子たちからもらったプレゼントを、希彩ちゃんにあげているのだと気がついたのだ。

希彩ちゃんはテーブルに置かれていたマグカップや人気キャラクターの手帳など、自分の気に入ったものをどんどん両手に抱えていく。

颯が女の子たちからプレゼントをもらうのは、これが原因かもしれない。

そう思ったとき、希彩ちゃんと目が合った。

ドキッとして思わずスマホを遠ざける。

当たり前だけど、希彩ちゃんにあたしが見えているわけではなく、希彩ちゃんはクマのぬいぐるみに興味を持っただけのようだ。

希彩ちゃんはクマを指さし、颯に話しかける。

颯は困ったように頭をかく。

このクマのぬいぐるみが欲しい。

そう言っているのかもしれない。

ダメ。

やめて。

希彩ちゃんの部屋を覗いたって意味がないんだから。

ハラハラしながらふたりの様子をうかがっていると、颯がプレゼントの箱から大きなぬいぐるみのついたストラップを取り出した。

希彩ちゃんの興味が一瞬にしてそちらへ向かう。

颯はそのストラップを希彩ちゃんに手渡すと、希彩ちゃんは満足したように部屋を出ていった。

その様子にホッと胸を撫で下ろすあたし。

颯はあたしからのプレゼントを守ってくれたんだ。

そう思うと、とてもうれしくなったのだった。

ハマる

　あたしが監視カメラにハマるのに時間はかからなかった。
　学校にいる時間は部屋に誰もいないからカメラは見ないけれど、学校から帰ったら１時間に２、３回は確認するようになっていた。
　放課後に盗撮していた写真と違い、映像はより近くに颯を感じることができた。
　画面の向こうで動いている颯がまるで芸能人のように見えてワクワクしたし、その芸能人とあたしが付き合っているのだという感覚にもなれた。
　監視カメラで映し出すことにより、普段の部屋はステージに変わり、颯はアイドルに変化するのだ。
「最近、なんか機嫌がいいね」
　一緒にお昼を食べていた杏里がそう言ってくる。
「そうかな？」
「そうだよ。なんだか顔が生き生きしてるもん」
　そう言われ、あたしは自分の頬に触れてみる。
　たしかに、監視カメラを購入してから自然と笑える時間が多くなった気がする。
　颯のシスコンは今でも気になるけれど、カメラを確認している時間は安心することができた。
「別に、変わったことは何もないよ」
　そう言うと、杏里はため息を吐き出した。

　あたしとは真逆で、なんだか元気がないようだ。
「何かあったの？」
「じつはね純白、前に話した年上の人なんだけどさぁ……」
　そう言われ、あたしは記憶を巡らせた。
　あぁ、杏里が好きになってしまったという他校の先輩のことか。
　あれから少し時間が経過していたから、すっかり頭から消えてしまっていた。
「その人がどうかしたの？」
「昨日の放課後、買い物に行ったら……なんかバッタリ会っちゃって……」
「嘘!?　声はかけたの？」
　あたしの質問に杏里は首を左右に振った。
「どうして？　せっかく会えたのに!?」
「それが……その人、女の人と一緒にいたから……」
　そう言い表情を曇らせる杏里。
　そうか、それで声をかけられなかったんだ。
　あたしも、颯が別の女の人と歩いていたらきっと声をかけることはできないだろう。
「相手の人は、恋人なのかな？」
　あたしが聞くと、杏里はまた首を左右に振った。
「わからない……」
「もしかしたら、妹とかお姉さんかもしれないよ？」
「うん。でも、あたしがいきなりそんなことを質問するのっておかしいでしょ？　確認したくてもできなくて……」

杏里は消え入りそうな声でそう言った。

たしかに杏里の言うとおりだ。

相手からすれば、杏里を覚えているのかどうかも怪しい。

「どうすればいいんだろう……」

杏里は机に突っ伏してしまった。

初めて人を好きになったから、不安が膨れ上がっているのだろう。

あたしはそんな杏里の頭を撫でた。

「大丈夫だよ、杏里。彼女だって決まったわけでもないし、お礼だってまだなんでしょう？　お礼くらいしとかなきゃ、印象が悪くなっちゃうよ？」

「そうだよね……。じつは昨日、お礼のお菓子を買いに行ってたの」

「そうだったんだ」

頭の中が相手のことでいっぱいになったとき、その相手が女の人と一緒に目の前に現れた。

そう考えると、杏里のショックがよくわかる。

「お菓子は買えた？」

「うん……」

「それなら、渡しに行かなきゃもったいないよ？」

そう言うと、杏里はゆっくりと顔を上げた。

さっきよりも少しスッキリしたような顔をしている。

「ついていこうか？」

そう聞くと、杏里は「ううん、大丈夫」と、答えた。

「あたし、今日の放課後に行ってみる」

「そっか。頑張ってね」
　杏里がちゃんとお礼を渡せるかどうか少し心配だったけれど、あたしは早く帰って監視カメラを確認したい。
　そう思ったのだった。

　そして放課後。
　杏里を見送り、あたしはすぐに家に戻ってきていた。
　リビングのソファに座り、スマホを取り出す。
　そしていつものアプリを起動した。
「お前、最近スマホに依存してないか？」
　そんな声が聞こえてきて、あたしはハッと振り向いた。
　リビングの入り口に、お兄ちゃんが立っている。
　いつの間に帰ってきたんだろう？
　玄関を開ける音にも気がつかなかった。
「お兄ちゃんに言われたくないんだけど」
　あたしは、しかめっ面でそう言い放つ。
　ずっとパソコンばかり使っているお兄ちゃんのほうが、よっぽど依存しているように見える。
「俺は学校の課題で使っているだけだ」
「同じようなものでしょ!?」
　思わず言葉がきつくなる。
　早くカメラ映像を確認したいのに、お兄ちゃんがそばにいるとカメラを起動できない。
「スマホを使うのは１日１時間にとどめたほうがいい」
「もう！　うるさいな！」

あたしはそう怒鳴り、お兄ちゃんにクッションを投げつけた。
「ほっといてよ、パソコンオタク!!」
そう言うと、お兄ちゃんは諦(あきら)めたようにリビングを出ていったのだった。

ようやく邪魔者がいなくなり、笑顔になる。
さぁ、今日の颯は何をしているのかな?
カメラを起動すると、ちょうど颯が部屋に入ってくる様子が映し出された。
手には学生カバンを持っていて、今帰ってきたところだとわかる。
颯は画面の中にいてもやっぱりカッコよくて、思わず見とれてしまう。
颯はカバンを床に置き、制服の上着を脱ぐとそのままベッドに寝転がった。
今日、たしか3年生は合同体育の授業で長距離走を走らされたんだっけ。
だから相当疲れているみたいだ。
ベッドに横になった颯はそのまま目を閉じ、眠りはじめてしまった。
あたしは颯の寝顔に愛おしさを感じる。
「おやすみなさい……」
画面へ向かってそう呟き、あたしはアプリを閉じたのだった。

順調な日々

　翌日、学校へ向かう途中の道で杏里とバッタリ会った。
「純白！」
　あたしの名前を呼び、小走りに駆け寄ってくる杏里。
「おはよう、杏里」
「聞いてくれる!?」
　あいさつもせずに杏里は目を輝かせる。
　何かいいことがあったみたいだ。
「昨日、相手の学校に行ったの！」
　あぁ、そういえばそうだっけ。
　最近、颯と監視カメラのことばかりが気がかりで、友達から聞いた話や授業内容があまり頭に入ってきていないようだ。
「どうだった？」
　杏里は目をさらに輝かせ、頬をピンク色に染めた。
　それだけで結果は理解できたけれど、あたしは杏里の言葉を待った。
「相手の人がね、あたしのこと覚えててくれたの！　お店ですれ違ったときも、気がついてたんだって」
「そうなんだ、よかったじゃん！」
　そこまで杏里のことを覚えているということは、脈があるような気がする。
「それでね、お礼のお菓子を渡してスマホの番号も交換してきちゃった!!」

そう言い、飛び跳ねて喜ぶ杏里。

「おめでとう！　それならきっと一緒にいた女の人は彼女ではないね」

「そうなのかな……？」

途端に杏里は不安そうな表情を浮かべた。

さすがに、彼女がいるかどうかの確認まではできなかったみたいだ。

「そうだよ。だって彼女持ちの人がスマホの番号を簡単に教えるとは思えないもん」

「そうかな？　やっぱり、そうなのかな!?」

杏里の顔は期待と不安で入り乱れている。

だけど自分でも少し自信が出てきたのか、目の輝きはそのままだ。

「杏里はかわいいからきっと大丈夫だよ！　自分に自信を持って！」

そう言い、あたしは杏里の背中を押したのだった。

すべてが順調。

まさにその言葉がピッタリな日々を送っていた。

杏里の恋も、あたしの恋も。

何もかもがキラキラ輝いて見える。

そして、学校が休みの日曜日。

あたしは颯と一緒にデートに出かけていた。

「今日はすごい人だね」

休日のデパートは人でごった返していて、気をつけて歩かないとぶつかってしまう。
ガヤガヤとうるさい店内で、颯があたしの耳元に口を近づけた。
「純白、手繋いで」
そう言い、少し前を歩いていた颯が手を差し出す。
あたしはその手を掴んだ。
「迷子になりそうだから、手を離すなよ？」
その言葉にキュンッとする。
いつもなら人ごみのせいでデートを楽しめないけれど、今日は心に余裕を持つことができていた。
颯は昨日一度も希彩ちゃんを自分の部屋に入れなかった。
それがうれしかったから、今日の颯はいつもより優しいと感じるのだ。
ようやく人ごみを抜けて、休憩をするためにカフェに入ったあたしたち。
「ふぅ……大丈夫か、純白」
「うん。大丈夫だよ」
そう答え、あたしはほほえむ。
「これほど人が多いと見たいものも見れないな」
「そうだね。見たい雑貨屋があったんだけどなぁ……」
あたしは残念になってそう言った。
元はといえば、颯が雑貨屋へ行くことを拒んだから行けていないままなのだけれど……。
「このあとどうする？　今日はどこも人が多いだろうから

なぁ」

　そう言う颯にあたしは思いついた。

「ねぇ、それなら映画を見に行こうよ」

「映画？」

「うん！　マイナーだけどすっごく面白い映画が上映されてるんだって！　まだ有名になっていないから人も少ないだろうし。ね、行こうよ！」

「そっか。それなら行ってみてもいいかな」

　人ごみで疲れていた様子の颯は頷く。

　あたしはニッコリとほほえんだ。

　映画が面白いというのは嘘だ。

　つまらなすぎて人が入らない映画があり、カップルが見に行くと自然とお互いの距離が縮まるという噂になっているのだ。

　上映中に手を繋いだりキスをしたり、好き勝手している人たちが多いのだという。

「じゃ、さっそく行こうよ」

　あたしはそう言い、立ち上がったのだった。

　映画は噂どおり、つまらないものだった。

　豪華なタレントが出演しているものの、内容が難しすぎてどんどん眠たくなってしまう。

「なんか、わからない映画だな」

　しばらく黙って見ていた颯だけれど、そう言ってあくびをひとつした。

「ごめんね。面白いって聞いたんだけど、おかしいなぁ」
　素知らぬ顔をしてそう言い、あたしは颯の手を握った。
　そしてそっと颯の耳に口を近づける。
「ね、見てあそこのカップル」
　そう言い、そっと指さした先にはキスをしているカップルの影。
「マジか……」
　驚いた声を出す颯だけれど、あたしの手を握る力が強くなった。
「映画館の中でキスしちゃう人っているんだね」
　そう言い、スッと身を引こうとした瞬間……颯の両腕にスッポリと包まれていた。
　久しぶりに感じる颯のぬくもり。
「キス……する？」
　耳元でささやかれる。
　あたしは返事をする代わりに、目を閉じた。
　そして、颯の唇を感じたのだった。

違和感

このまま希彩ちゃんの存在を、颯の中から追い出せればいい。

監視カメラを使いはじめて、あたしは自分の手の中で颯を踊らせている気分になっていた。

颯の部屋での行動はあたしに筒抜けだ。

あたしからのメールを確認して、返信するまでの時間。

どんな内容なら喜んで、どんな内容なら無関心か。

そんなことも徐々に見えはじめてくる。

あたしが監視カメラを確認する時間は徐々に増え、1時間に2、3回だったのが、今では数十分間画面にくぎづけになっていることが多かった。

そしてこの日も、学校から帰ってすぐにカメラを起動させた。

リビングにいると声をかけられるから、最近ではずっと自室にこもっている。

少し前までお兄ちゃんのことを毛嫌いしていたのに、今では自分も似たような状況だ。

それを理解していても、やめられない。

「今日の颯は何をしてるのかな？」

そう呟き、ウキウキしながら画面を確認する。

いつもの部屋がパッと映し出され、その中に人の気配はない。

まだ帰ってきていないようだ。

あたしはアプリを起動したまま、学生カバンからデジタルカメラを取り出した。

それをノートパソコンに接続し、今日撮った写真を確認していく。

監視カメラを見ながらも、あたしは颯の盗撮をやめていなかった。

１年以上続けていたことだし、もう日課になってしまっている。

盗撮しないと、歯を磨き忘れたときのように、気持ちが悪いままなのだ。

あたしはパソコン上で写真を１枚１枚確認していく。

今日の颯の写真は、食堂で友達とご飯を食べているところだ。

いつもはお弁当を持ってきているけれど、食堂にいたということは、お母さんの仕事が忙しいのかもしれない。

あたしなら、颯の奥さんになって毎日でも作ってあげられるのに。

そんなことを本気で考えている。

颯と出会う前までは夢を持っていたけれど、颯と出会ってからは自分の夢なんてどうでもよくなっていた。

颯と死ぬまで一緒にいられればそれでいい。

それが、今のあたしの夢だった。

「あれ？」

写真からスマホへと視線を移すと、そこには颯の姿が映っていた。

颯はすでに部屋着に着替えてきて、ベッドに寝転んでいる。

「こんな服、持ってたんだ……」

颯は家ではいつも黒色のジャージを着ているが、今日は白いＴシャツに七分丈のパンツ姿だ。

初めて見る服だけど、とても新鮮でよく似合っている。

颯は身長も高いから、どんな服でも着こなしてしまうのだ。

「さすがあたしの颯」

ニヤケてそう呟いたとき、カメラの映像が乱れた。

砂嵐のような画面になり、「ちょっと!?　どういうこと!?」と、慌てる。

しかしそれはほんの一瞬の出来事で、すぐに画面は元に戻った。

あたしはその様子にホッと胸を撫で下ろす。

よかった。

監視カメラが見られなくなったら、どうしようかと思った。

たった一瞬の不具合でも心臓は潰れそうだった。

買った通販雑誌は少し心配が残る会社だったし、お金を貯めてしっかりした監視カメラに買い替えたほうがいいかもしれない。

カメラが壊れたら監視をやめる。

そんな考えは、みじんも持っていなかった。

あたしは完全に、監視カメラに依存していたのだった。

翌日。

授業が終わったあたしは、デジタルカメラを手に3年生の教室へと向かっていた。

今日、3年生は全クラス特別授業がある。

進学や就職に関係する、全員参加の説明会みたいなものらしい。

あたしは足音を立てないよう、そっと3年4組のクラスに近づく。

中からは先生の話し声しか聞こえてこない。

みんな真剣に聞いているようだ。

あたしは体勢を低くし、窓の下に隠れるように座った。

その場でカメラの動作を確認し、シャッター音とフラッシュをオフにする。

膝立ちして、そっと窓の中の教室を見る。

颯の席は窓際のいちばんうしろだ。

あたしはニヤリと笑い、至近距離で颯にカメラを向けた。

こんなに近くても、颯はカメラの存在に気がつかない。

それほど、あたしの盗撮テクニックは上達していた。

真剣な表情で先生の話を聞いている颯はすごく絵になる。

あたしは立て続けにシャッターを押した。

似たような写真を何枚も何枚も撮る。

だけどその中のどれひとつとして、同じ颯は存在していない。

1秒ごとに少しずつ変化する颯を切り取ることに、興奮を覚えた。

気分は高揚して呼吸は荒くなり、世界にあたしと颯のふたりしか存在しないような感覚に陥っていく。

そうしているといつの間にか時間はたち、特別授業が終わってしまった。

終了のチャイムが鳴り、ハッと我に返るあたし。

授業が終わる前にここから立ち去るつもりだったあたしは、焦る。

どうしよう。

３年生はこのまま帰るみたいだし、廊下にいたら颯にバレてしまう。

あたしは慌ててデジタルカメラをカバンにしまった。

そして立ち上がったその瞬間。

教室の前のドアが開いた。

ドキッとして立ち止まるあたし。

颯の担任の先生と目が合い、窓ガラス越しに颯がこちらを見ていることに気がついた。

どうしよう、どうしよう、どうしよう……！

心臓がバクバクと跳ねる。

汗が背中をつたい、呼吸が乱れる。

そのときだった……。

「なんだ、天満を待っていたのか？」

先生のその一言に、金縛りが解けた。

「そ、そうなんです！」

とっさに嘘をつくあたし。

「待ってるなら言ってくれればいいのに」

窓を開けて颯がそう言う。
「あ、えっと……邪魔になったら嫌だなって、思ったから」
ぎこちない笑顔を浮かべるあたし。
「そんなこと気にしなくていいのに。ほら、帰るぞ」
そう言い、教室を出てあたしのカバンを持つ颯。
よかった……バレてない……。
あたしはホッと胸を撫で下ろす。
「どうせだから、何か食って帰るか」
「う、うん」
並んで歩きながら、あたしは颯に違和感を覚えていた。
何かが違う。
何が？　と聞かれても答えられないけれど……。
長い間、颯だけを見てきたから、なんとなくわかる。
「……颯、今日なんだか雰囲気が違うね？」
そう聞くと、颯はあたしを見て首を傾げた。
「は？　そうか？」
「……ううん、やっぱりあたしの気のせいかも」
あたしはそう言い、笑顔になる。
せっかくデートになったんだから、機嫌を損ねるようなことをする必要はない。
家に帰ってから、じっくり監視カメラを見ればいいんだから……。

顔見知り

それからあたしたちは、学校の近くにあるファミリーレストランに入っていた。
お店の中には数人の学生の姿がある。
あたしと颯は、案内された窓際のふたり席に座った。
向かい合って座っていると、
「あれ、颯君だ」
「あ、本当！　今日はデートなんだぁ」
という、女の子たちの声が聞こえてくる。
なんだかんだ言っても、あたしたちは周囲も公認のカップルだ。
颯を狙っている女子生徒はたくさんいるけれど、あからさまな邪魔をしてくる生徒はいない。
あたしを困らせたりすれば颯にまで嫌われてしまうということを、みんなよく理解しているのだ。
「今日の特別授業、真剣に聞いてたね」
あたしがそう言うと、颯は頷いた。
「あぁ。今、実際に学校へ通っていたり、働いていたりする卒業生の話を聞いたんだ」
「へぇ、そうだったんだ」
あたしは冷たい紅茶をひとくち飲んだ。
「颯は、高校を出たらどうするの？」
あたしはそう聞いた。

今までにも何度か同じ質問をしたことがあるけど、颯の答えはいつも曖昧だったのだ。
「俺は、とりあえず家にいられればそれでいいかな」
「へ……？」
颯の言葉にあたしは目を丸くする。
家にいられればそれでいい？
そんな返事が来るとは思ってもいなかった。
「それって、家から通える学校や職場なら、なんでもいいってこと？」
「あぁ。そういうことかな」
ほほえんで答える颯に、あたしは、あ然としてしまった。
颯はもっと自分の人生についてしっかりとした計画を立てているとばかり思っていた。
成績は優秀だし、生活態度もいい。
そんな颯が自分の進路を適当に考えているだなんて、思ってもいなかった。
でも、違ったんだ。
「颯は、夢とかないの？」
「夢？　そうだなぁ……」
颯は難しそうな顔をして腕組みをする。
考えなきゃいけないってことは、即答できるほど強く思っていることが何もないということだ。
「とりあえず、希彩が成人するまでは自分のことは考えられない」
「なっ……！」

思わず言い返してしまいそうになり、あたしはグッと口を閉じた。

希彩ちゃんが成人するまでって、あと5年もあるよ!?

颯は来年の春に卒業するのに、いったいどうするつもり!?

心の中で叫び声を上げる。

このまま希彩ちゃん中心の生活をしていると、颯の未来は真っ暗になってしまう。

そう思い、爪を噛む。

どうにかしなきゃ。

今ならまだ間に合う。

そう思ったとき、「やぁ、久しぶりだね」と、聞いたことのある声が聞こえてきてあたしは視線を移した。

「叶さん！」

そこに立っていたのは叶さんだったのだ。

隣にはお兄ちゃんもいて、学校帰りのようだ。

「あ、こんにちは」

颯が席を立ち、お兄ちゃんにあいさつをする。

「あぁ」

お兄ちゃんは颯のことを気にする素振りもみせない。

それどころか、颯を避けているような態度だ。

お兄ちゃんの態度にイラつきを覚えた。

颯はそんなお兄ちゃんの態度に戸惑い、困ってしまっている。

お兄ちゃんが颯を困らせるなんてありえない。

何か言ってやろうとしたとき、叶さんが口を開いた。

「颯君……だったかな？　久しぶりだなぁ」
　叶さんがそう言うので、あたしは颯と叶さんのふたりを交互に見た。
「ねぇ颯、叶さんと知り合いなの？」
「あぁ。純白の家に行ったときに何度か会ったことがあって、いつの間にか意気投合しちゃったんだ」
　そう答える颯。
　そっか。
　颯も叶さんもうちにはよく遊びに来るもんね。
　だけど、仲良くなっていたとは知らなかった。
「ふたりともこっちで一緒に食べないか？」
　叶さんが、４人席にあたしと颯を誘う。
　あたしはチラッとお兄ちゃんを見た。
　颯も叶さんも、お兄ちゃんの何倍もカッコいい。
　ひとり浮いた存在であるお兄ちゃんと一緒に食べるのは、なんだか嫌な気分だった。
　会話だってロクにしないだろうし、気まずい空気になることはわかっている。
　できれば一緒には食べたくなかったけど……。
「いいですよ」
　だけど颯のその一言で、あたしは自分の気持ちに蓋をしたのだった。

クリスマスの思い出

家に戻ってきたあたしは、まっすぐに自分の部屋へと向かった。

あれからお兄ちゃんと叶さんとは別々に行動していたけど、お兄ちゃんはまだ帰ってきていないようだ。

顔を合わせるのも嫌で、部屋に入って鍵をかけた。

颯とお兄ちゃんの関係は、お世辞にもいいとは言えなかった。

でも、それはお兄ちゃんが颯にキツイ態度をとっているからだ。

「最低」

ファミレスでの出来事を思い出して呟くあたし。

結局、お兄ちゃんは颯ともあたしとも一度も目を合わせなかった。

外に出ているときくらい仲のよい兄妹を演じようと思ってあたしから話しかけても、完全に無視されてしまったのだ。

日ごろの仕返しでも、したつもりになっているのかもしれない。

それだけでも気分は最悪だったのに、叶さんと颯のふたりはどんどん盛り上がってしまった。

パソコンに詳しい颯は叶さんの話が面白かったらしく、ふたりの世界に入り込んでしまったのだ。

パソコンなんてインターネットくらいしか使ったことのないあたしはその会話に入ることもできず、終始無言という状態。

いつもデートの邪魔をするのは希彩ちゃんだったけれど、今回は意外な相手に邪魔をされてしまった。

イライラする気持ちが抑えきれず、あたしはクッションを壁に投げつけた。

ボスッと音がして床に落ちるクッション。

あたしは、さらにそれを踏みつけた。

「このクッションも颯に貰ったものだったのに」

あたしは、綿が出てしまっているクッションを見下ろしてそう呟いた。

キャラクターのイラストが印刷されているこれは、去年のクリスマスに颯に貰ったプレゼントだった。

颯からの貰い物は、なんでもうれしい。

けど、これだけは違った。

去年のクリスマス、あたしは颯に指輪を貰うはずだったんだ。

真ん中にハート形にカットされた石が入っている、キレイな指輪。

値段もそんなに高くなかったし、将来の結婚を意識してもらうためにおねだりしたものだった。

それが、なぜか当日になってこんなものに変わっていたのだ。

『希彩がどうしてもあの指輪が欲しいって言い出したんだ。

同じのを買いに行ったけどもう売り切れていて買えなかった。だから純白はこれで我慢してくれ』

申し訳なさそうに、頭をかきながらそう言った颯を思い出す。

「指輪がクッションなんかに変わって、喜ぶわけがないでしょ!!」

あたしはそう怒鳴り、クッションを強く踏みつけた。

このクッションを見るたびに、希彩ちゃんがうれしそうに指輪をはめていた姿を思い出す。

クリスマスの翌日、わざわざ颯とふたりであたしに会いに来て、その指輪を見せてきたのだ。

『あたしの指には少し大きいんだぁ。純白さんって結構指が太いよね？　でもかわいいから「まぁいいや」って思ってぇ』

ニヤニヤと笑いながらそう言い、左の薬指にはめた指輪を見つめた希彩ちゃん。

サイズが合わないと文句を言うなら、返せよ。

心の中でそう思ったけれど、颯の前ではほほえんでいることしかできなかった。

『ごめんな、希彩は純白のことが大好きだから、なんでも真似したがるんだよ』

誰がどう見てもただの嫌がらせだというのに、鈍感な颯は本気でそんなことを言っていたのだ。

思い出して、ため息が出る。

大好きな颯のことを悪く言いたくはないけれど、大切なクリスマスプレゼントを妹にあげてしまうなんてあんまりだ。

本当にあたしのことが好きなら、絶対にあんなことはしなかったはずだ。

あたしはガリッと爪を噛んだ。

その痛みで、ある提案が浮かんだ。

そうだ。

今度の日曜日ちょっと颯を試してみよう。

「あたしへの愛情が本物かどうか……ね……」

あたしはそう呟いて、ニヤリと笑ったのだった。

3章

見知らぬ女

日曜日。
あたしはソワソワと部屋の中を歩きまわっていた。
今日は颯とデートの約束をしている。
でも……あたしはついさっき、メールでそれを断ったところだった。
風邪を引いてしまったということにして、あたしは今まだ自分の部屋にいた。
もちろん、風邪というのは嘘だ。
今日デートを断ったのは、颯の日曜日の様子を見てみたいと思ったからだった。
あたしとのデートがなくなった颯は、今日、何をするのだろう。
あたしは深呼吸をしてスマホを取り出した。
風邪だと言っておいたから、少しでも心配してくれているだろうか？
そんな思いが募っていく。
そして画面に映像が流れはじめた。
颯の部屋は薄暗く、誰もいないようだ。
どこかへ出かけたのだろうか？
それとも違う部屋にいるのかもしれない。
あたしは肩を落とし、パソコンのスイッチをつけた。
最近は、ずっとこんな感じでアプリを起動したまま別のことをしている。

フォルダにたまった颯の写真を、1枚ずつプリントしていく。

プリンターから出てくる颯の顔に、あたしの頬は自然と緩む。

クローゼットからアルバムを取り出すと、新しく写真を入れるスペースがないことに気がついた。

「チッ」

あたしは小さく舌打ちをする。

プリントしてしまったものを、そのまま置いておくことはできない。

アルバムを買いに出なきゃ。

今日は1日、監視カメラの様子を見るつもりだったのに、予定が狂ってしまった。

あたしは一度アプリを閉じ、そして家を出たのだった。

最寄りの雑貨屋さんでいちばん大きなアルバムを買ったあたしは、大急ぎで家へと戻ってきていた。

玄関を入ってすぐ、スマホのアプリを起動させる。

スマホを片手に持ったまま自室へと戻り、買ったばかりのアルバムに写真を張りはじめた。

写真の数はまだまだ多く、とても全部は張りきれない。

でもまぁ、今日はこのくらいでいいか。

真新しいアルバムが一瞬にして颯一色に切り替わり、あたしはニヤリと笑う。

アルバムが増えていくのは、どんどん颯があたしのものになっていくようで、快感を覚えた。
そして、スマホを手に取る。
画面上はまだ薄暗い部屋が映るだけで、颯の姿はない。
「出かけたのかな……」
あたしはそう呟き、時計を確認した。
時刻は、昼の12時を少しまわったところだ。
お昼でも食べに出かけたのかもしれない、希彩ちゃんと一緒に……。
面白くなくて、あたしはスマホから視線をそらす。
その瞬間、画面上に誰かの影が映り、あたしはすぐに視線を戻した。
「颯！」
そこには颯のうしろ姿が映っていて、一気にうれしくなる。
ところが……そのあとから見知らぬ女が入ってきたのだ。
颯は女をベッドに座らせた。
「何……これ……」
女はあたしと同年代くらいで、颯の部屋を珍しそうに眺めている。
ふいに、颯が女の隣に座った。
そして……颯の腕が女の肩を抱いた。
その瞬間、毛が逆立つほどの怒りが体の底から湧いてくるのがわかった。
自分でも気づかないうちに、スマホを握りしめる手に力が入る。

颯は大きなマスクをつけているが、その口元が動いた。
すると隣の女は頬を染めて颯を見つめる。
見つめ合うふたり。
そして近づくふたりの距離。
誰がどう見てもいい雰囲気で、あたしはカメラの映像から目が離せなくなる。
この前、学校で感じた颯への違和感を思い出していた。
いつもの颯だけど、いつもの颯じゃないような気がした。
もしかしたら、颯はあのときからこの女と関係を持っていたのかもしれない。
そう思い、爪を噛む。
監視カメラで颯の浮気現場を見てしまうことになるなんて……そう思った次の瞬間、颯がベッドの布団の中から何かを取り出したのだ。
女は目を閉じていて気づかない。
颯が手に持ったものがキラリと光る。
「え……？」
次の瞬間、今まで頬を染めて恍惚とした表情をしていた女が、表情を歪めて悶(もだ)えていた。
颯がベッドから取り出したナイフは女の胸に突き立てられ、そこから真っ赤な血が流れはじめる。
何……これ……。
さっきまでの怒りが急速に静まり、困惑に変わっていくのを感じる。
颯は横倒しになった女の上にまたがり、ナイフを引き抜くとまた突き刺した。

何度も何度も繰り返しナイフを突き立てる颯。

その目元は、ほほえんでいるように見える。

その表情に芯からの恐怖を感じた。

颯に恐怖を感じたことなんて今まで一度もなかったあたしは、震えた。

もしかしたら、颯はもともと女を殺すつもりでここに呼んだのかもしれない。

大きなマスクは自分の顔を隠すためだろう。

それに用意周到に準備されていたナイフ。

どう考えても計画的だ。

やがて画面は真っ赤に染まり、女は少しも動かなくなった。

ひとりになった颯は女の頬に唇を寄せ、マスクをずらしてキスをした。

その光景にゾクリと背筋が寒くなる。

颯はこういう性癖の持ち主だったんだろうか？

でも、あたしと一緒にいるときにこんな素振りを見せたことはない。

ずっと我慢して、自分の気持ちを押し殺していたのかもしれない。

吐き気を感じながらも、颯が連れてきた女をズームにして確認する。

女は白目を剥き、口からポコポコと泡立った血を吐いて絶命している。

「希彩ちゃんに似てる……」

あたしはズームにした女の顔を見つめ、そう呟いたのだった。

リプレイ

　あたしは放心状態で部屋に座り込んでいた。
　颯が休日に何をしているのか。
　ただそれが知りたかっただけだった。
　それなのに……画面に映ったのは見知らぬ女を殺す颯の姿だった。
「どうしよう……」
　あたしは何度目かになる言葉を呟いた。
　空はもうオレンジ色に染まり、あれからずいぶんと時間も経過している。
　あたしはスマホに視線を移し、時刻を指定してリプレイのボタンを押した。
　颯が女をベッドに座らせ、何かをささやく。
　そして……また、女が画面上で殺された。
　何かの冗談か、いたずらだと思い何度も何度もこうしてリプレイしているのだが、その現実は変わらなかった。
　そのあと颯は女の死体を裸にして弄び、満足すると大きなナイロン袋に詰め込み、クローゼットへと押し込んだのだ。
　床には防水加工が施されていたようで、乾いた血でも簡単に拭き取られてしまった。
　もともと準備していないと、こうはならないだろう。
　あたしはそれらを確認したあと、スマホを閉じた。
　やっぱり、颯はあの女を殺している……。

あたしは深く息を吐き出し、両膝を抱えた。
女の殺された顔が目に焼きついてしまい、今あたしの目の前に女がいるような錯覚を覚える。
「そうだ……警察だ……」
あたしは呟く。
こういう場合は早く警察へ行ったほうがいい。
女がひとり殺されているのだ。このカメラ映像がしっかりとした証拠にもなる。
そう頭では理解しているのに、体は少しも動かない。
警察へ行くということは、颯が殺人犯になって捕まってしまうということだ。
あたしはヨロヨロと立ち上がり、クローゼットの中のアルバムを取り出した。
「あたしの颯……」
たくさんの颯の写真に指を這わせる。
颯が捕まり、あたしの隣からいなくなるなんて、そんなことはありえない。
あたしと颯はずっと一緒にいるんだ。
片時も離れることは許されない。
でも、どうして颯はあの子を殺したんだろう？
本当にそういう性癖なのか、それともあの子が颯にひどいことをしたのかもしれない。
どちらにしても、あの子には殺されるだけの理由があったに違いない。
だとすれば……。

「なぁんだ。颯は悪いことしてないじゃん」

あたしはそう呟く。

今まで考え込んでいたのが嘘のように、スッと心が軽くなるのを感じる。

颯は悪くない。

悪いのはあの女。

あたしという彼女がいるのに、颯に近づいた罰だ。

だから、あたしは警察へ行く必要もない。

あたしと颯はこれからもずっと一緒にいられる。

あたしは自分の考えに満足し、ニコッとほほえんだのだった。

翌日。

この日は午後から学校が休みで、あたしは颯とデートの約束をしていた。

校門の前で待ち合わせをしているので、小走りに約束の場所へと向かう。

「純白！」

校門前で、ひときわ目立つ颯がこちらへ向かって手を振っていた。

今日も女子生徒たちの視線を独占しているようだ。

少しの嫉妬心と優越感に浸りながら、颯に手を振り返す。

「おまたせ颯！」

息を切らせて颯の前まで来ると、颯はカバンから紙パックのリンゴジュースを取り出し、あたしに差し出してきた。

「これ、やるよ」
「え、いいの？」
「あぁ。純白のことだから走ってくるだろうと思って、買っておいたんだ」
　そう言い、あたしの頭を撫でる颯。
「ありがとう……」
　あたしはジュースを受け取り、ひとくち飲んだ。
　あたしがいつも飲んでいるのと同じジュース。
　ちゃんと覚えてくれていたんだ。
　あたしはそう思い、昨日見た映像を思い出す。
「ねぇ、颯……」
　歩きながら、あたしは颯に声をかけた。
「何？」
　あたしに歩調を合わせてくれる颯。
「昨日はデートできなくてごめんね？」
「あぁ、そんなこと気にしなくていいのに。体調は大丈夫？」
「うん。すっかりよくなったよ」
「それならよかった」
「ねぇ……」
　あたしは立ち止まり、颯を見上げる。
「ん？」
　颯も立ち止まり、あたしを見た。
「昨日……颯は何してたの？」
「昨日？　希彩と一緒に１日中出かけてたよ」
「……そうなんだ」

「どうかしたのか？」
「ううん、なんでもない」
　あたしは左右に首を振って自分の考えを頭の外に追い出すと、再び歩き出したのだった。

クローゼット

あたしと颯はファミリーレストランで軽く食事を終わらせて、颯の家へと向かっていた。
今日は希彩ちゃんは普通授業で、帰りは夕方になる。
それまでふたりきりでいられる予定だ。
「おじゃまします」
そう言い玄関を上がる足が、いつもよりも緊張していることに気がついた。
昨日の画像があまりにも衝撃的だったからだ。
颯は何も変わらない様子で、あたしを部屋へと通す。
颯の部屋へ一歩踏み入れた瞬間、昨日の映像が鮮明に思い出され、あたしは入り口で立ち止まってしまった。
「純白、どうした？」
「……ううん、なんでもない」
そう言い、無理やり笑顔を浮かべる。
昨日この部屋でひとりの女が殺された。
その死体はクローゼットの中に……。
視線は自然とクローゼットへと向かう。
あの中に、まだ女はいるのだろうか。
それとも、夜のうちにどこかへ移動しているかもしれない。
安易にあたしを部屋へ入れたということは、ここにはもう死体がない可能性がある。
「座って」

そう言われ視線を向けると、颯がベッドに座っていた。
あたしは自然と颯の隣に座ることになる。
昨日、あの女が座っていたのと同じ場所。
ベッド周辺を確認してみたが、女の血は少しも残ってはいなかった。
「純白がくれたクマ、すごくかわいいね」
そう言われ、あたしはハッとした。
「ご、ごめんね。何をあげていいか迷っちゃって、ぬいぐるみなんか……」
「ううん。純白からのプレゼントならなんでもうれしい」
そう言い、颯はあたしの頬にキスをした。
きっと、この場面もあのクマにすべて見られているだろう。
そう思うと、少し恥ずかしさを感じた。
だけど、あたしに颯を拒む理由はどこにもない。
あたしは昨日女が殺されたベッドで、颯のぬくもりを感じたのだった……。

疲れて心地よい眠りに包まれたとき、隣の颯がベッドを抜け出す気配を感じ、あたしは目を覚ました。
それでもまだ眠たくて、すぐに目を閉じる。
人のぬくもりが布団の中から消えると寒く感じ、布団を自分の体に巻きつける。
颯が部屋を出て、階段を下りていく音が聞こえてくる。
そのとき、あたしはふと目を開けた。
頭だけを動かし、クローゼットを見る。

あの中に、まだ死体があったら？

そう考えると、眠気は一気に吹き飛んでいく。

そっとベッドを抜け出し、下着だけ身につけてクローゼットの前に立つ。

昨日、たしかに颯はここに死体を隠した。

見てみたいという気持ちと、やめたほうがいいという気持ちが交互に訪れる。

あたしは、そっとクローゼットへと手を伸ばす。

あたしの指先がノブに触れた……その瞬間、階段を上ってくる音が聞こえ、あたしはハッと手を引っ込めた。

慌てて布団に戻り、目を閉じる。

部屋のドアが開く音がして、颯の足音がする。

そして、その足音はクローゼットの前で止まった。

あたしはうっすらと目を開け、その光景を見ていた。

颯がクローゼットのノブに手をかける。

そして、開いた……。

ベッドからではクローゼットの中までは確認できない。

でも、颯がクローゼットの中にある何かを確認し、そしてクローゼットを閉める姿が見えた。

あの中に、まだ死体があるのかもしれない。

あたしはそう思い、キュッと目を閉じたのだった。

やめられない

結局、クローゼットの中に死体があるのかは、わからないままだった。
だけど、颯はクローゼットの中を確認した。
なんのために確認したのか？
そんなの、考えなくてもわかる。
死体がちゃんとそこにあるかどうか、確認したのだ。
夕飯を終えて自室に戻ったあたしは、自分のベッドに横になった。
そしてすぐにスマホのアプリを起動する。
昨日あんなものを見たばかりなのに、監視カメラを確認することに抵抗はなかった。
カメラが起動すると、すぐに颯の部屋を映し出す。
ついさっきまで一緒にいた部屋に、思わず頬が緩んだ。
颯はベッドに寝転がり、マンガ本を顔の上に置いたまま眠ってしまっている。
「もう、だらしないんだから」
そう呟き、クスッと笑う。
でも、こんなふうにマンガを読みながら寝てしまうということは、颯は本当に自分の進路を何も考えていないということだ。
あたしは軽くため息を吐き出す。
颯の役に立ちたい。

颯が夢中になれるような何かを、見つけてあげたい。
そんな気になってくる。
そんなとき、あたしはまた昨日の映像を思い出していた。
女の殺すときの颯のあの目。
すごく楽しそうだった。
「でも、あんなもの将来の役には立たないよね」
あたしはそう呟く。
颯の興味のあるものといえば、１番に希彩ちゃんだ。
だから、昨日殺した女も希彩ちゃんに少し似ていたのかもしれない。
「１番があたしになれば、もっと将来の役に立つかもしれないのに」
あたしはそう呟いたのだった。

あんなに恐ろしい映像を見たのに、あたしはさらに監視カメラにのめり込むようになっていた。
あたしは颯のことならなんでも知っていると思っていた。
でも、それは違ったのだ。
颯には、あたしにも見せていない顔がまだまだある。
そう思うと、颯のすべてを見なければ気が済まなくなっていた。
思えば、お互いに授業中だとその姿を確認することはできない。
あたしの見ていない授業中の颯って、どんな感じなんだろう？

それが気になりはじめると、他にも気になりはじめて、いても立ってもいられない気持ちになる。

そしてそれは監視カメラを確認することで多少の満足感を得ることができるのだった。

家にいるときだけ確認していた監視カメラの映像を、あたしは学校内でも確認するようになっていた。

颯も同じ学校なのだから、確認してみたってもちろん部屋には誰もいない。

だけど、颯がちゃんと学校に来ているということを知っておきたいのだ。

もしかすると、誰にも言わず学校を休み、また女を連れ込んでいるかもしれない。

そんな不安もあった。

「最近、スマホばかり気にしているけれど、どうかしたの？」

昼休み、お弁当を食べる手を止めてスマホをいじっているあたしに、杏里がそう聞いてきた。

「ううん、別になんでもないよ」

そう言い、スマホをポケットにしまう。

颯の部屋は真っ暗で誰もいなかった。

そのことに安心して、ご飯を続ける。

「ちょっと依存気味なんじゃない？」

苦笑いを浮かべ冗談めかしてそう言う杏里に、あたしは鋭い視線を向ける。

「あ、ごめん……冗談のつもりだったんだけど……」

あたしに怯え、杏里が戸惑った表情を浮かべる。

「ううん、本当のことだから」

あたしは慌てて笑顔になり、そう言った。

「やっぱり、依存してるんだ？」

「うん。スマホにっていうか、スマホを使ったアプリなんだけどね」

「どんなアプリにハマってるの？」

「う〜ん……」

あたしは返事に困り、杏里を見る。

杏里は本当にあたしのことを心配してくれているようで、眉が下がっている。

でも、監視カメラのことを説明すると友達じゃいられなくなってしまうかもしれない。

そう思うと、素直に打ち明けることはできなかった。

「写真の加工をするアプリだよ」

とっさに、以前、利用していたアプリを思い出し、そう言っていた。

途端に杏里の表情は明るくなる。

「そうなんだ？　見せて見せて」

そう言われ、あたしは花の写真を加工したものを杏里に見せた。

「わぁ、かわいい！」

画面を見て杏里は笑顔になる。

その様子にあたしはホッと胸を撫で下ろす。

この画像を持っていてよかった。

そう思ったのだった。

そして同時に、友人に嘘をついてまで監視カメラをやめられないところまで来てしまっているのだと、自分自身で理解したのだった。

アンインストール

自分で自分の状態が理解できているうちに、どうにかしなければいけない。
しかし、自分の意思で監視カメラから遠ざかってみようと試みても、どうしてもうまく行かなかった。
部屋にいて勉強をしていてもマンガを読んでいても、ふと気がつけば視線はスマホへと向かっていて、監視カメラをチェックしていた。
こんなんじゃダメだ。
いつかは杏里にもバレてしまう。
そう思ってスマホを自分から遠ざけておくのだが、やっぱり気になって仕方がなかった。
あたしは、大きなため息をひとつ吐き出してベッドに横たわった。
手にはスマホ。
アプリは起動されている。
こんなに悩むのなら、いっそアンインストールしてしまったほうがラクなのかもしれない。
そんな気持ちが出てくる。
あたしはスマホ画面を確認した。
颯は部屋にはいない。
アプリを消去してしまえば、この前、見てしまった映像も同時に消去される。

あとは、あたしがあの殺害映像を忘れてしまえばいいだけだった。

あたしは一度アプリを閉じて監視カメラのアイコンを長押しし、アンインストールボタンを表示させた。

「これで全部終わるはず……」

クマの監視カメラはただのぬいぐるみとなり、颯の部屋のインテリアになる。

それでいい。

……今はもう、そうしなきゃいけないところまで来ているんだ。

あたしはそう思い、上半身を起こした。

アンインストールの文字に指が触れる手前で、動きが止まる。

指先がかすかに震えていて、監視カメラの機能を消してしまうことに恐怖心を抱いていることがわかった。

「颯のあんな顔、もう見たくないから……」

あたしは自分に言い聞かせるようにそう呟く。

女の子を殺害しているときの、颯のすごくうれしそうな表情。

それは普通の精神状態では考えられないものだった。

人にナイフを突き刺しながらほほえむ颯は、悪魔そのものだった。

「颯……」

あたしは震える指で画面に触れた……。

それから数時間が経過していた。
あたしはまだ部屋にいて、ぼんやりとベッドの上に座っていた。
ベッドに置かれたスマホの画面には、監視カメラの映像が映し出されている。
カメラの中の颯は、ベッドに寝転んでマンガを読んでいた。
結局、あたしはアプリをアンインストールすることができなかったのだ。
消してしまえば何もなかったことにできるのに、できなかった。
アンインストールのボタンに触れる寸前、激しい過呼吸を起こしてしまったのだ。
手足がしびれて意識が遠のいていく過呼吸の恐怖が蘇ってきて、強く身震いをした。
今のあたしに、監視カメラのアプリを消すことはできない……。
画面に映し出された颯に視線を落とし、あたしは一筋の涙を流したのだった。

壊れていく日常

　翌日、あたしは重たい気分で学校へ来ていた。
　太陽がまぶしすぎて目を開けているのも辛い。
「純白、おはよ」
　教室へ入ると、いつもどおり杏里が声をかけてくる。
「おはよう」
　ニコリとほほえんでそう言ったつもりだったけれど、あまり笑顔になれていなかったようで、杏里は「どうしたの？」と、すぐに聞いてきた。
「なんでもないよ？　少し寝不足なだけ」
「そうなんだ？　最近気温が高くなってきたし、もうすぐ寝苦しくなりそうだよね」
　杏里はそう言い、顔をしかめた。
「そうだよね」
　あたしは杏里に合わせて適当な相槌を打つ。
　眠れなかったのは、もちろん監視カメラのせいだ。
「今日はテストだし、最悪だよねぇ」
　杏里の言葉にあたしは「え？」と、聞き返した。
「科学のテストだよ。昨日先生が言ってたじゃん」
「嘘、そうだっけ？」
　あたしは焦って科学の教科書を取り出す。
　科学は今日の２時間目だ。
　テストがあるなんて、まったく聞いてない！

「純白、先生の話を聞いてなかったの？　単位に関係してくる大切なテストだよ？」
　あたしはサッと青ざめた。
　科学は不得意科目で、成績もあまりよくない。
　それなのに、単位に関係するテストまで逃してしまうと危険だ。
「杏里お願い、テスト範囲を教えて！」
「いいけど、今から勉強するの？」
「うん。1時間目の国語はどうにかなるから、その間に全部覚える」
　あたしがそう言うと、杏里は呆れたようにあたしを見たのだった。

　それから2時間目がはじまるまで、あたしは科学の教科書とノートを開きっぱなしだった。
　国語の先生にはどうにかバレずに済んだけれど、大慌てで勉強しているためあまり頭に入ってこない。
「純白、大丈夫？」
　そんな杏里の質問にも答えている暇はない。
　授業がはじまるまであと5分……。
　ダメだ。
　間に合わない。
　あたしは、手の平にジワリと汗が滲んでくるのを感じた。
　どうしよう。
　このままじゃテストを受けることはできない。

そう思ったときだった。

ある考えが脳裏に浮かんだ。

学期末などの大々的なテストではない。

これはあくまで先生が勝手にしているテストだ。

きっと、普段の監視よりも緩い。

あたしはノートを小さく千切り、そこに教科書の内容を書きはじめた。

全部じゃない。

大切な部分だけを抜粋して書いていく。

そして、それをそっと自分のポケットにしまったのだった……。

カンニング

まさか、自分がカンニングをするような生徒になってしまうなんて思ってもいなかった。
先生の目が届かない間にスカートに隠しておいた紙切れを取り出し、それを見て回答する。
すべての問題が答えられるわけじゃないけれど、重要な点ばかりを書いておいたので、半分くらいは点数が取れそうだ。
回答を書き写しているときに何度か視線を感じ、あたし周囲を見まわした。
だけど、クラスメートたちはみんな真剣にテストに取り組んでいて、あたしを見ている生徒はいない。
悪いことをしているという罪悪感が、ありえない視線となって突き刺さる。
大丈夫。
誰にもバレていない。
あたしはカンニングなんてする生徒じゃないから、先生だってあたしを注意深く観察している様子はない。
そう思うのに、やっぱり気持ちは落ちつかなかった。
自分がカンニングしているということを、自分が知っているから落ちつかないのだ。
あたしはどうにかすべての問題を解き終えて、ホッと息を吐き出した。

緊張と罪悪感でビッショリと汗をかいている。

大きく呼吸を繰り返すと、目の前が歪んで見えた。

過度のストレスを一気に感じたからかもしれない。

クラスメートたちはみんなまだ問題を解いていて、あたしはテスト用紙に視線を戻した。

テストができた順番に教室を出ていくのだけれど、まだ誰も立ち上がる気配はない。

そのとき、ふと思った。

もしかして、今回のテストって難しいのかな？

単位に関係してくるって言っていたし、そんな簡単じゃないよね？

あたしは自分の手に滲んだ汗をスカートでぬぐった。

科学が苦手なあたしが、いちばん早くに教室を出ることなんてできない。

でも、一刻も早くこの教室から出たかった。

だって、ポケットの中にはまだカンニング用紙があるんだから……。

あたしは必死に問題を解くフリをしながら、周囲を観察していた。

みんな鉛筆の動きが鈍い。

問題が難しくて解けないのだ。

早く。

早く誰が立ち上がって。

願うような気持ちでクラスメートたちを観察する。

テストがはじまって35分が経過したとき、クラス内でいちばん頭のいい委員長が席を立った。
それに続くように、２人、３人と次々テスト用紙を先生に手渡して教室を出ていく。
その光景にあたしはホッと胸を撫で下ろした。
そろそろ、いいかな……。
あたしはそっと席を立った。
イスが床に擦れて大きな音を立てる。
その瞬間、クラスメートたちの視線を感じた。
ドキッとして、その場で動きを止めるあたし。
カンニングがバレた!?
一瞬そう思ったけど、たんにイスの音がうるさかっただけのようで、周囲に気づかれないように安堵の息を吐き出した。
あたしは足早にテスト用紙を持って教卓へ向かった。
先生と目を合わせることなくテスト用紙を渡し、そのままドアへと足を進める。
ドアを開けようとしたその瞬間。
「野原」
先生にそう声をかけられて、あたしはビクンッと身を震わせて立ち止まった。
心臓は一気に早くなり、緊張で体中ががんじがらめになる。
ガチガチに固まった体で、ぎこちなく振り返る。
バレてない、バレてない、バレてない。
何度も頭の中で繰り返す。

「ドアはちゃんと閉めておけよ」

先生の言葉に一気に緊張がほどけていく。

「はい」

と返事をして、ようやく教室を出たのだった。

早退

数日後の科学の授業中、テスト返却が行われていた。
ひとりずつ順番に呼ばれて、教卓まで答案用紙を取りに行く。
テストの点数のよし悪しに限らず、先生は生徒に一言声をかけていた。
あたしはいったい何を言われるのだろうと、全身に緊張が走る。
「野原」
そう呼ばれ、あたしは弾かれるように立ち上がった。
緊張で心臓が破裂してしまいそうな中、教卓へと足を進める。
テスト結果に落ち込んだり喜んだりしている周囲の音が聞こえなくなり、あたしは先生の前で立ち止まった。
先生はあたしを無表情に見て、答案用紙を手渡してきた。
その結果を見て思わず「あっ……」と口走る。
生まれて初めてカンニングをしてしまったあたしは、今まででいちばんの高得点を取ってしまったのだ。
あたしは目を丸くして答案用紙を見つめる。
どうしよう、これじゃ絶対に怪しまれているよね!?
先生と目を合わすことができず、あまりの気まずさにその場に立ちつくす。
そのときだった。

「よく頑張ったな。この調子で科学の得点をどんどん上げていけよ」
先生が、うれしそうにほほえんでそう言ったのだ。
「え……」
思わずキョトンとした表情を浮かべるあたし。
「どうした？　うれしすぎて放心状態か？」
先生にそう言われて我に返ったあたしは、曖昧にほほえんで頷いた。
「次も頑張れよ」
「はい」
あたしはどうにかそう返事をした。
よかった。怪しまれていなかった……。
ふぅ、と息を吐き出して胸を撫で下ろす。
テストが終わってから、ずっと先生と顔を合わせることが心苦しかった。
こうして面と向かって会話をすることはもちろん、廊下ですれ違ったときも気まずさが付きまとっていた。
でも、カンニングはバレていない。
これで科学の単位も大丈夫だ。
自分の机に戻り、ホッと息を吐き出す。
「今回のテスト、すごく難しかったねぇ。あたし平均点なかったよぉ」
杏里が、今にも泣き出してしまいそうな顔でそう言ってきた。
「そ、そうだよね」

あたしは黒板に書かれている平均点を見直した。

クラス平均は30点。

学年平均は45点だ。

それに対してあたしの点数は76点。

これはかなりの高得点ということになる。

半分ほどできていればいいと思っていたけれど、予想外に解けていたことがわかった。

「純白、平均点あった？」

杏里がそう聞いてくる。

「う、うん。一応はね」

あたしはそう返事をしたけれど、笑顔にはなれなかった。

あたしがいきなりこんな得点を取るなんて、どう考えてもおかしい。

点数がバレれたら、カンニングを疑われる可能性がある。

先生だって本当は疑っているかもしれない。

そんなことを考えていると、とても笑顔になんてなれなかった。

とくに、杏里はあたしが当日まで科学のテストがあることを知らなかったと、知っているのだ。

点数については、いちばん踏み込んでほしくない相手だった。

「じゃぁ、回答していくぞ。みんな席につけ！」

そんな先生の声に、杏里は自分の席に戻っていく。

あたしはそのうしろ姿を見送って、ホッとして肩を落としたのだった。

気まずいテスト返却のあと、あたしは１階の渡り廊下に設置されている自販機へと来ていた。
授業中に飲み食いする生徒が出てこないように教室の周りには設置されていないため、ここまで下りて来なければいけないのだ。
緊張と罪悪感で喉はカラカラだ。
冷たいリンゴジュースを買って喉を潤す。
ジュースを持つ手は少しだけ震えていて、あたしはギュッと拳を握りしめた。
こんなにまでなるなら、ちゃんと授業を聞いて勉強をすればいいんだ。
監視カメラなんてさっさとやめて、いつもどおりの生活に戻れば……。
そう思ったときだった。
渡り廊下を走って、こちらへ向かってくる颯が視界に入った。
「颯？」
あたしは思わず声をかける。
しかし颯はあたしには気がつかず、そのまままっすぐ走っていってしまった。
颯の手には学生カバンが握られていた。
「もしかして、早退？」
あたしはそう呟き、颯のあとを追いかけた。
ところが、颯の姿はすでにどこにも見えなかったのだった。

ジュースを飲んでから３年生の教室を覗いてみると、そこにも颯の姿はなかった。

颯と仲のよい先輩に話を聞いてみると、急用ができて早退したとのことだった。

あたしはすぐにスマホを取り出して、メールが届いていないかどうかを確認した。

でも、颯からの連絡は来ていない。

あたしに連絡もなく慌てて帰るということは……原因は希彩ちゃんだな。

すぐにピンときた。

今までだって、希彩ちゃんのために学校を休んだり早退したりすることがあった。

今回もきっとそうなんだろう。

あたしは無意識の内に爪を噛んでいた。

慌てて帰ったって、どうせ大したことじゃないはず。

そう思いながらも、指は監視カメラのアプリを起動させていた。

何も考えなくてもすぐに指が動いてしまう。

画面には、すぐに颯の部屋が映し出された。

だけど、部屋の中は真っ暗で誰もいない。

ついさっき早退したばかりだし、さすがにまだ帰ってないか……。

そう思ったとき、次の授業がはじまるチャイムが鳴り渡り、あたしは小さく舌打ちをしたのだった。

風邪

颯がどうして早退したのか理由がわからないままなので、あたしは授業がはじまってもその内容はサッパリ頭に入ってきていなかった。

希彩ちゃんが『帰ってきて』とでも言ってきたのかもしれない。

気になり出したら止まらなくて、あたしは黒板の上につけられている時計をジッと睨みつけていた。

早く休憩時間になれ。

早く監視カメラを確認したい。

あれほど見ないほうがいいと思っていたのに、今は監視カメラを消すという気持ちは、みじんもなかった。

やっぱり、あれはあたしには必要なアプリだ。

颯の行動が見えなくなると、こんなにも不安になるのだから。

それはがんじがらめに捕らえられた状態と変わらないのに、あたしはそれに気がつけない。

不安になるのも行動が気になるのも、すべて本物の愛情があるからだ。

やけにゆっくりと進んでいく時計にイライラしながらも、どうにか授業が終わった。

あたしは、クラスメートに声をかけられる前に走ってトイレへと向かった。

個室に入ると、ポケットからスマホを取り出してアプリを起動させる。
アプリが起動するまでのほんの少しの時間まで、イライラしてしまう。
そして次の瞬間、画面上に颯の部屋が映し出された。
しかし、颯の部屋はまだ真っ暗なままで電気がついていない。
あれから1時間は経過しているから、家に帰っているはずだ。
それでも部屋にいないということは、希彩ちゃんのそばにいるということかもしれない。
あたしはまた強く爪を噛んだ。
颯が早退した理由が気になる。
学校が終わるまでまだ2時間は残っているけれど、そこまで待っていることはできなかった。
あたしはトイレから出るとすぐに教室へ戻り、カバンに教科書とノートを入れはじめた。
そんなあたしを見て、杏里が驚いたように目を丸くして駆け寄ってきた。
「純白、どうしたの？」
「ごめん、ちょっと体調が悪いから早退するって先生に伝えておいて」
あたしは早口にそう言うと、すぐに教室を出た。
あとは颯の家まで一直線だった。
学校を出るまでに、何人かの生徒に話しかけられたけれど、すべて無視をして走って校門を抜けた。

颯の家まで走っていくには少し距離がありすぎる。

そう思ったあたしは、戸惑うことなく自転車置き場へ向かい、鍵がかけっぱなしになっている知らない人の自転車にまたがっていた。

カンニングをしたときのような罪悪感はなかった。

だって、あたしは今から颯に会いにいくんだから。

それを拒むことは許されない行為だから。

誰のものかわからない黒い自転車をこいで数十分後、ようやく颯の家に到着していた。

力いっぱい自転車をこいできたから、息が切れて汗が滲んでいる。

あたしは近くのゴミ捨て場に自転車を乗り捨てて、額の汗をぬぐった。

手鏡で自分の姿を確認し、呼吸を整えてからチャイムを鳴らす。

するとすぐに家の中から足音が聞こえてきた。

それが颯のものだということは、すぐにわかる。

颯は少し大股に歩くのがクセだから、大きな足音になるのだ。

「はい」

思ったとおり颯が顔を覗かせ、あたしが立っているのを見て目を丸くさせた。

「純白、どうしたんだよ!?」

「颯が早退したって聞いて、心配になって来ちゃった」
　あたしはそう言った。
「来ちゃったって、純白まで早退したのか？」
　颯は驚いたように目を丸くする。
「うん……ごめんね？　迷惑なら帰るから」
「い、いや、迷惑じゃないけど」
　颯は慌ててそう言い、そしてほほえんだ。
「せっかく来たんだし、ちょっと上がっていく？」
「うん」
　あたしは笑顔で頷いたのだった。

　あたしは颯の部屋ではなく、リビングに通された。
「どうして早退したの？」
　あたしのためにジュースをいれてくれた颯に聞く。
「希彩が風邪を引いて早退したんだ」
　やっぱり、希彩ちゃんか。
　わかっていたことだけれど、颯の口から直接聞くと少しだけ胸の奥がうずいた。
「希彩ちゃんの様子はどうなの？」
「今、２階で眠ってる。だけど熱が高いんだ」
　そう言いながら颯は戸棚を開き、「しまった」と、顔をしかめた。
「どうかした？」
「風邪薬が切れてるんだ。起きたらお粥を食べさせて薬を飲ませなきゃいけないのに……」

颯が困ったように言う。
それなら今、買ってくればいいのに。
そう思うけれど、あたしは颯の様子をうかがった。
「今、お粥を作ってるところだしなぁ」
颯はそう呟き、頭をかく。
料理まで颯がしているのだと思ったら、ひどく腹が立った。
希彩ちゃんは、どこまで颯を独り占めすれば気が済むのだろう。
あたしは颯に気づかれないように爪を噛んだ。
悔しいけれど、今は颯の機嫌を損ねるようなことはしないほうがいい。
希彩ちゃんのことが死ぬほど心配な颯なら、きっと希彩ちゃんひとりにしたまま買い物には行かないだろう。
だとしたら、あたしの役目はただひとつだ。
「……あたしが買ってこようか？」
そう言うと、颯はすぐに笑顔になった。
「本当か!?」
まるであたしの言葉を待っていたような反応だ。
気分は落ち込むけれど、仕方がない。
「うん、いいよ。あたしが買ってくる」
あたしは心のこもっていない口調でそう言うと、立ち上がった。
『それなら一緒に行こう』とか。
『悪いからいいよ』とか。

　そういう言葉が颯から出てくることはなく、玄関まで送ってくれた颯は、
「よかった。助かったよ純白」
　そう言ってホッとした表情を浮かべたのだった。

やめておけ

近くの薬局にやってきたあたしは、風邪薬のコーナーの前で立ち止まっていた。

種類がたくさんある中で、熱に効くと書かれている薬を手に取る。

どうせなら希彩ちゃんには毒薬を飲ませてやりたいところだけれど、さすがにそれは無理がある。

いなくなってほしいという気持ちはずっと前から持っているけれど、あたしはずっと我慢している立場だった。

我慢していないと、颯が自分から離れていくかもしれない。

そんな恐怖を持っていた。

あたしは今回もまた諦めて、普通の風邪薬を手に取ってレジに並んだ。

平日だというのに意外と人が多く、長い列ができている。

薬品だけでなく日用品も扱っているから、主婦のお客さんが多いみたいだ。

レジに並びながら、あたしは棚に並ぶいろいろな薬を見ていた。

ただの風邪薬でも、飲み合わせによっては危険な状態になったりする。

何と何を飲んだら危険なんだろう。

たとえ薬品の組み合わせがわかったとしても希彩ちゃん

に飲ませることなんてできるわけないのに、思わず考えてしまう。
妹のくせに颯を独り占めしている希彩ちゃんを許すことは、きっとこの先もできないだろう。
あの子がいるせいで、あたしたちのデートは何度も邪魔されてきた。
そのことをあたしは絶対に忘れない。

長い列が終わり、ようやくレジの順番がまわってきた。
思った以上に時間がたってしまったけれど、颯からの連絡はない。
希彩ちゃんが風邪を引いている今、あたしを心配するなんてことはきっとありえないんだろう。
あたしは乱暴にお金を支払うと、大股で店を出た。
颯のことが気になって早退してきたのに、どうしてこんなパシリみたいなことをやらなきゃいけないんだ。
自分から買い物をしてくると言ったものの、理不尽な思いは大きかった。
「純白？」
薬局から出て少し歩いたところでそう声をかけられ、あたしは立ち止まった。
声がしたほうへ振り向いてみると、そこにはお兄ちゃんが立っていたのだ。
「なんでこんなところにいるの？」
あたしは、思わず数歩あとずさりをしてそう聞いた。

「俺はこの近くに高校の用事があったんだ。お前、なんでこんなところにいるんだよ？　授業中だろ？」
　険しくなるお兄ちゃんの声と表情。
　こんな場所で会ってしまうなんて思ってもいなかったあたしは、さすがに動揺してしまった。
　学校を早退したことが両親にバレても面倒くさい。
「体調が悪いから早退した。薬を買って帰るところ」
　あたしは手に持った袋を見せてそう言った。
「薬なら家にあるだろ」
「そうだっけ？」
　あたしはとぼけて首を傾げた。
「純白、本当のことを言え」
　いつもならすぐに引き下がるお兄ちゃんが、一歩近づいてそう言った。
「本当だってば」
　あたしはイラつきを隠さずに言い返す。
　こんなことをしている間にも、時間はどんどん経過していく。
　もうこんなヤツ放っておいて行こうか。
　そう思ったときだった。
「あの男はやめておけ」
　お兄ちゃんのその言葉に、あたしは固まった。
　お兄ちゃんは真剣な表情であたしを見ている。
　あたしは思わず視線をそらしてしまいそうになりながらも、その目を見返した。

　ここで目をそらせば負けてしまう。
　そんな気がした。
「もう一度、言う。あの男はやめておけ」
　お兄ちゃんの一言一言が、耳障りな雑音として聞こえてくる。
「なんで……？」
「あの男は純白に釣り合うような男じゃない」
　ブチンッ！
　あたしの中で何かがキレる音がした。
「あんたに颯の何がわかるの!?　あんたに口出しなんてされたくないんだよ!!」
　あたしは周囲の目を気にせず怒鳴り、お兄ちゃんに背を向けたのだった。

信じられるもの

それから数日が経過していた。

お兄ちゃんとあたしの関係は悪化したものの、希彩ちゃんの風邪も治り、颯もちゃんと登校していた。

あれ以来、颯は女を部屋には入れていないし、学校でも何も変化は起こらなかった。

このまま何もないのであれば、それでいい。

だけどあたしの胸には妙な胸騒ぎがあり、いまだに監視カメラの映像を確かめ続けていた。

たとえ颯が【今日は早く帰るよ】とメールを送ってきても、その言葉を信用することができなくて、必ずカメラを確認した。

颯の言葉よりも監視カメラの映像が、今のあたしにとってはいちばん信用できるものになっていたのだ。

そんなある日、杏里がうれしそうに笑いながら教室へ入ってきた。

「朝からうれしそうだね？」

あたしがそう言うと、杏里は大きく頷いた。

「じつはね、昨日好きな人からメールが来たの！」

「へぇ！」

あたしは杏里の言葉に目を丸くする。

奥手だと思っていたけれど、頑張っていろいろと行動しているようだ。

好きな人とは他愛のないやりとりを数回するだけの関係らしいけれど、杏里はすごく満足そうだ。
「今度その人の写真を見せてよ」
あたしがそう言うと、杏里は「写真なんて持ってないよ」と、眉を下げて言った。
「持ってなくても、好きな人を隠し撮りしたりとか、するでしょ？」
「隠し撮りなんて！　そんなこと絶対にしない!!」
杏里はそう言い、強く首を振った。
「そうなんだ？　でも、人気のある先輩の写真とかみんな撮ってるよ？」
「そうかもしれないけれど、本人に許可なく撮影するなんて、ダメだよ」
「好きな人をずっと見ていたいとか、思わないの？」
「思うけど……本人が傷つくかもしれないことはできないし、したくないよ」
杏里の言葉に、あたしの胸は一瞬痛んだ。
本人が傷つくかもしれないこと……。
たしかにそのとおりだ。
盗撮はもちろん、監視カメラを勝手に仕掛けられたら誰だって傷つく。
下手をすれば犯罪にもつながる行為だ。
「どうかしたの？」
黙り込んでしまったあたしに、杏里が聞く。
「ううん、なんでもない」

あたしはそう返事をしたのだった。

この日、いつもより少し早く学校が終わったあたしは颯とデートの約束をしていた。
一度家に戻り、手早くデート服に着替える。
颯と付き合いはじめてから、クローゼットにはかわいい服がたくさん並ぶようになった。
とくに颯が好きだと言ってくれていたブルーのワンピースを選び、家を出る。
颯が家を出たかどうか監視カメラを確認しようと思ったとき、前方から「純白さん！」と、女の子があたしを呼ぶ声が聞こえてきて、あたしは視線を上げた。
「希彩ちゃん……」
そこには私服姿の希彩ちゃんが、颯と一緒に並んで立っていた。
あたしはバッグにスマホを戻し、ふたりに近づく。
そしてチラリと颯を見た。
「家に戻ったら希彩も一緒に行きたいって言うから、連れてきた」
悪びれもせず、そう言う颯。
あたしは心の中でため息を吐き出して、颯を見た。
でも、颯はそれにも気がつかない。
希彩ちゃんのほうはわざとらしく颯と手を繋ぎ、あたしひとりがうしろからついていく形になってしまった。
あれは絶対にわざとだ。

必要以上にベタベタとくっついている希彩ちゃんに、イライラしてくるあたし。

これじゃあ、どっちが彼女かわからない。

せっかく颯がかわいいと言ってくれたワンピースを着てきたのに、颯は何も言ってこない。

希彩ちゃんに気を取られ、あたしのことなんて視界に入っていない様子だ。

きっと、あたしがこのまま家に帰っても颯は気がつかないだろう。

デートの気分はすっかり沈んでしまい、ほとんど会話にも参加しないまま颯との時間は過ぎていったのだった。

ふたり目の犠牲者

すっかり日が暮れて家に帰ると、あたしはシャワーだけ浴びてそのまま自室へと戻った。

今日のデートは完全に希彩ちゃん中心で、まったく面白くなかった。

夕飯には、あたしが食べたいと言ったお店に連れていってくれたけれど、それで今回のデートはチャラにされた気分になり、腹が立った。

「なんでデートに妹なんて連れてくるのよ」

ブツブツと文句を言いながら、あたしはスマホを取り出した。

家に戻ってから１時間くらい経過しているから、颯ももうお風呂は済ませたかな？

いつもどおりアプリを起動させ、髪を乾かす。

簡単に髪を乾かしてから画面を確認すると、薄暗い画面の中にふたり分の人影が動いているのが見えた。

そのひとりは女で、あたしの視線は釘づけになる。

「なんだ、希彩ちゃんか……」

あたしはそう呟く。

うしろ姿しか映っていないけれど、それは希彩ちゃんのうしろ姿にそっくりだ。

こんな時間に見知らぬ女を連れ込んでいるのかと思ったあたしは、ホッと胸を撫で下ろす。

さすがに、こんな時間に女の子を家に呼んだら怒られるよね。

けれど、あたしはすぐに違和感に気がついた。

希彩ちゃんも颯も私服姿だけれど、デート中とは違う格好をしているのだ。

家に帰って着替えたのかもしれないけれど、出かける用事がないのなら部屋着に着替えるのが普通だ。

そのままジッと画面を見ていると、女の子がこちらを向いてベッドに座った。

その瞬間「え？」と、呟く。

女の子は希彩ちゃんにそっくりだけど、別人だったのだ。

顔も身長も雰囲気もよく似ている。

だけど違う。

颯がその子の横に座るが、その顔には大きなマスクがつけられていた。

「あのときと同じだ……」

あたしは前回、颯が女を殺してしまったときのことを思い出していた。

あのときも、颯は大きなマスクをつけて顔を隠すようにしていた。

「まさか……」

また、前のようなことが起こるんじゃないか。

そんな予感が胸を渦巻く。

でも、どうすればいいんだろう？

あたしに颯を止めることができるんだろうか？

そう思いながら、アプリを起動したままメール画面を起動する。

あたしからのメールなら、颯は何か返信してくれるかもしれない。

そうすれば、少しでも時間が稼げる。

その間に颯の気持ちが変わるかもしれない。

そんな思いでメールを打つ。

【今日はもうお風呂に入った？】

どうでもいいような内容を打ち込みすぐに送信する。

映像を確認すると、颯は近くにスマホを置いていないのかまったく反応を示さない。

あたしは慌ててさらに２件のメールを送った。

しかし、結果は同じ。

やっぱり、颯は今スマホを持っていないんだ……。

これでは電話をかけても同じ結果になるだろう。

あたしは画面を凝視したまま、動けなくなる。

颯は女の子を抱き寄せ、そして片方の手を布団の下へと差し入れた。

同じだ。

あのときとまったく同じだ!!

心臓がドクドクと早くなるのを感じる。

殺されてしまう。

この子も、颯によって殺されてしまう!!

あたしは爪をガリッと噛んだ。

その瞬間……画面上で女の子の体にナイフが突き立てら

れた。

苦しげに顔を歪め、目を丸くして颯を見ている女の子。

颯は容赦なくナイフを振り下ろし、抜き取ってはまた突き刺した。

やがて女の子は力を失いベッドにダラリと横になると、ピクリとも動かなくなってしまった。

あとのことはもう見ていたくない。

あたしはアプリを閉じ、頭を抱えたのだった。

救いの手

颯が選んだ女の子は希彩ちゃんに似ている子たちだ。
それは希彩ちゃんへの歪んだ愛情がそうさせているのかもしれない。
あたしはそんな考えに行きついていた。
希彩ちゃんが颯にベタベタくっついたりしているから、颯はどんどん希彩ちゃんにのめり込んでしまうんだ。
ただの妹のくせに、彼女であるあたしよりも颯に大切にされている。
以前から感じていたその思いが、徐々に膨れていくのがわかる。
このままじゃいけない。
このままじゃ颯がかわいそうだ。
「あたしが、助けてあげないと……」
あたしはスマホを片手に持ったまま、呟いたのだった。

翌日。
あたしは学校へ登校するとカバンを机に投げ出し、すぐに教室を出た。
早足で階段を上がり、颯のいる教室へと急ぐ。
息を切らして教室の前で立ち止まり、「颯、いる!?」と、ドアの前から声をかける。
あたしの声に数人の生徒が振り向き、「天満なら、さっきトイレに行ったよ」と、男子生徒が返事をくれた。

あたしはその先輩にお礼を言い、3年生のトイレの前に立った。

そして少し待っていると、颯がひとりでトイレから出てきた。

「純白!?」

颯はすぐにあたしを見つけて、目を丸くしている。

「えへへ。おはよう颯」

「こんなところで、どうしたんだよ」

「これからは、休憩時間もずっと颯と一緒にいたいなって思って」

「休憩時間も？」

驚き、さらに目を丸くする颯。

「うん。いいでしょう？」

小首を傾げてそう聞く。

颯は頭をかきながら、

「まぁ別に迷惑ではないけど……」

と、返事をする。

「やった！　ありがとう颯！」

まだ何か言いたそうな颯に隙を与えず、あたしはそう言い、颯に抱きついた。

廊下に出ていた数人の先輩たちが冷やかしてくるけれど、そんなことおかまいなしだ。

「でも、どうして急にそんなこと言い出すんだよ？」

「颯が好きだから」

単刀直入にそう言うと、颯は耳まで真っ赤になってしまった。

その反応にあたしは満足する。

あたしが考えたのはこうだった。

休み時間のたびに颯に会いに来て、希彩ちゃんのことを考える隙を与えないこと。

それと同時にあたしが彼女であることを、周囲に見せつけるのだ。

うまくいけば颯はシスコンから卒業できるし、カメラに映っていたような女からの虫よけにもなる。

一石二鳥だ。

自分の友達との時間は減ってしまうけれど、今は颯のことが最優先だ。

それからあたしは、ホームルームがはじまるまでの時間を颯と一緒に過ごしたのだった。

教室に戻ったあたしに、杏里が声をかけてきた。

「どこに行ってたの？」

「颯のところ」

「朝から会いに行くなんて、珍しいね」

その言葉にあたしは頷く。

そして、最近、颯の行動が気になるのだということを伝えた。

「何が気になるの？」

「颯は将来のこと何も考えてないみたいなの。話をすれば希彩ちゃんのことばっかりだし、希彩ちゃんが成人するまではずっと家にいるとか言ってるの」

そして、困った表情を浮かべるあたし。

杏里もその話には目を見開いて「自分の将来のことなのに、妹が中心になるなんておかしいよね」と、言った。

そのとおりだ。

本当は監視カメラのことまで言ってしまいたかったけれど、さすがにそれは我慢しておいた。

「だからね、しばらくは颯と一緒にいて、今後のことを真剣に考えてくれるように説得するつもりなの」

「そっか。それがいいと、あたしも思うよ」

「うん。杏里と一緒にいる時間は減っちゃうけど……」

「そんなの気にしないで！　純白がしっかり者で、先輩ってば幸せ者だなぁ」

杏里はそう言い、ほほえんだのだった。

それからあたしは休憩時間ごとに颯に会いに行き、颯が希彩ちゃんの話を持ち出すと、すぐに話題を変更した。

最初はそのことを嫌がっていた颯だったけれど、あたしがもっと面白い話題にすると、その話に食いついてくれた。

家に帰って面白い話題を探し、休憩時間や休日には颯にそれを聞かせる。

すごく時間のかかる作業だったけれど、それを毎日繰り返すことで颯は自分から希彩ちゃんの話題を出すことはほとんどなくなっていた。

「颯もそろそろ進路を考えなきゃね」

あたしがそう言うと、颯は「あぁ。そうだなぁ。勉強は嫌いだから就職をすると思うけどな」と、返事をする。

その変化をあたしはすごくうれしく感じていた。

これなら将来の心配もする必要はないかもしれない。

あたしは自分が颯の救いの手になれているような気がして、とても満足していたのだった。

不自然な自然

颯は学校でもデート中でも、いつもどおりだった。
人をふたりも殺しているというのに、そんなことみじんも感じさせない態度で過ごしている。
誰も颯が殺人犯だなんて思わないだろう。
あたしが誰かにバラさない限り颯が捕まる心配はなさそうだけど、それは別の心配を呼び寄せるものでもあった。
ここまで違和感のない態度を貫けるということは、もしかして今までも何度か同じ罪を犯してきているのかもしれない。
そんな可能性が浮かんできたのだ。
颯は、人殺しをなんとも思っていない猟奇的な感情を持っているかもしれないということ。
もしそうだとすれば、颯の人殺しは今度も続いていくだろう。
人を殺すことに快感を覚えていたとすれば、簡単に人殺しをやめることもできなさそうだ。
「純白、難しい顔をしてどうした？」
颯にそう聞かれて、あたしは我に返った。
今は昼休み中で、颯とふたり屋上でお弁当を食べていたところだ。
空はとてもいい天気で、雲ひとつない。
風の心地よさが心地悪く感じるくらいだ。

「なんでもないよ」

あたしはそう返事をしてほほえむ。

「何か悩みでもあるなら、話を聞くけど？」

「本当に大丈夫だから」

あたしはそう言って、お弁当のウインナーに箸を伸ばした。

颯に相談なんてできるわけがない。

颯が殺人犯だと知っているということも、バレてはいけない。

バレれば、きっと口封じのために次はあたしが殺されてしまうだろう。

「颯の卵焼き、おいしそう！」

できるだけ違和感がないようにそう言い、あたしは颯のお弁当箱から卵焼きをひとつつまんだ。

付き合い初めて日が浅いころは、よくこうやってお弁当交換をしていたんだ。

希彩ちゃんのことが気になりはじめたあたりから、あまりこういうことはしなくなっていた。

あたしはできるだけ昔の関係を取り戻したくて、颯の卵焼きを口の中に入れた。

甘く優しい味つけの卵焼きの味が、口の中でフワリと広がる。

「あ、じゃぁ俺は、ミートボールもらい！」

そう言い、颯はあたしのお弁当箱からミートボールをつまんだ。

「あ！　それ楽しみに取っておいたのに！」
「食べたいものは最初に食べなきゃ、取られるんだぞ？」
　颯はそう言い、ひとくちでミートボールを食べてしまった。
　それを見て頬を膨らませるあたし。
　それはとても懐かしい感覚で、あたしの胸の奥は温かさに包まれていた。
　これでいい。
　こんな、よくあるカップルを続けていたいだけなんだ。
　あたしは颯とジャレ合いながらそう思う。
「いいなぁ、あのふたり、いつも仲良しだよね」
「本当だよね。お似合いのカップルって感じ」
　屋上でご飯を食べていた生徒たちから、そんな声が聞こえてくる。
　そうだよ。
　あたしたちはお似合いのカップルだ。
　心配事なんて、秘密なんて何もない。
　どこにでもいるカップルだ。
　声に出してそう言いたくなる。
　そう言わなきゃ、平凡が保てなくなってしまいそうな感覚がある。
「純白？　またボーッとしてるけど、どうかしたか？」
　颯があたしの顔を覗き込む。
「ミートボール、ごめんな？」
　そう言う颯にあたしは思わず笑ってしまった。

　ミートボールくらいで考え込んだりしないのに、そんな心配をしてくれる颯を愛らしく思った。
「う、ううん。大丈夫だよ」
　あたしは左右に首を振ってそう返事をした。
　不自然なほどの自然さを装うあたしに、颯は首を傾げたのだった。

確執

家に帰って自室へ向かおうとしたとき、リビングからお母さんが顔を出してあたしを呼び止めた。
「純白、ちょっと来なさい」
その口調は穏やかではなく、表情も険しい。
お母さんが怒るなんて珍しい。
あたしは戸惑いながらもリビングへと足を進めた。
リビングには見知らぬ男性が座っていて、あたしはさらに混乱した。
同じ制服を着てソファに座っているその人は、あたしを見るや否や睨みつけてきた。
この人、誰？
同じ高校だけど見たことのない顔だ。
リビングにはお兄ちゃんの姿もあった。
お兄ちゃんは男性の隣に座り、あからさまにあたしから視線をそらした。
「純白、ここに座りなさい」
お母さんが自分の横を指差してそう言った。
あたしは何も言わず、言われたとおり大人しくソファに座った。
なんだか嫌な予感がする。
この男性はいったい誰なんだろう。
そう思っていたとき、お母さんが口を開いた。

「純白、あんた学校で自転車を盗んだの？」
　その言葉にドキッとする。
　一瞬にして体中に汗が噴き出すのがわかった。
　目の前に座って、あたしを睨みつけている男性と目が合う。
　この人、あの自転車の持ち主だったんだ！
　あたしは爪をガリッと噛んだ。
　どうしよう。
　どう言い逃れをしようか。
　頭をフル回転させるけれど、いい案は何も浮かんでこない。
　予想もしていなかった出来事に、心臓の鼓動は早くなるばかりだ。
「純白、答えなさい！」
　お母さんの怒鳴り声にビクッと身を縮める。
「ご、ごめんなさい……」
　小さな声でそう言い、頭を下げる。
「どうしてそんなことをしたの!?」
「どうしても……自転車が必要だったから」
「そこまで自転車が必要な用事って、なんだったの？　この人の自転車はゴミ置き場から見つかったって聞いたわよ!?　そんなところに乗り捨てて、いったどういうつもり!?」
　お母さんが次から次へと言葉を続けて怒鳴り、肩で大きく呼吸をした。
　あたしはグッと奥歯を噛みしめた。

もう、あったことをそのまま話すしかない。

「……彼氏が学校を早退して……心配だったからあたしも早退して、自転車を盗んだの……」

消え入りそうな声でそう言うと、お母さんは目を見開いた。

あたしはそんなお母さんを見ていられなくて、自分の膝に視線を落とした。

「だからあのとき、風邪薬を買ってたのか」

そう言ったのはお兄ちゃんだった。

あたしはお兄ちゃんの声にイラ立ちを覚えた。

どうしてここにお兄ちゃんがいるのかもわからないし、お兄ちゃんの前で怒られることも許せなかった。

「彼氏って、颯君？　まさか、颯君が薬を買ってくるように純白にお願いしたの？」

不信感を持った表情でそう聞いてくるお母さん。

あたしは慌てて「違うよ！」と、否定した。

颯の印象が悪くなると、困るのはあたしだ。

颯との付き合いを否定されることが、何よりも辛いことだから。

「あたしが……勝手に家に押しかけたの」

「そのときに自転車を盗んだのね？」

「うん」

あたしは頷く。

お母さんはあたしから視線をそらし、男性へと顔を向けた。

「この子があなたの自転車を盗んだと言うことは本当でした。ご迷惑をかけてしまって、本当にごめんなさい」
そう言い深く頭を下げるお母さん。
あたしも慌てて頭を下げた。
お母さんより深く、長く頭を下げる。
「……もういいですよ。自転車が盗まれた原因がわかったし、自転車はゴミ捨て場で見つけてすぐに持って帰りましたから」
男性はそう言い、ふぅと息を吐き出した。
「俺も鍵をつけっぱなしだったのは悪かったと思っています。だけど、人の物を盗むのは犯罪だってことはしっかり覚えておいてほしい。どんな些細なものでも、盗んだら犯罪だって」
男性が強い口調でそう言う。
怒りを我慢し、あたしに言い聞かせてくれているのがわかった。
「ごめんなさい……」
あたしは弱々しい口調でそう言った。
あのときは人の自転車を盗むことになんの抵抗もなかったのに、それがバレてしまうと後悔だけが残る。
その後、少しだけ話をしたあと、男性はすぐに帰っていった。
だけど、リビングには重苦しい空気が立ち込めていて、あたしたち３人の間に会話はなかったのだった。

バレた理由

　リビングの重たい空気を破ったのはお母さんだった。
「いつから自転車を盗むようになったの？」
　さっきよりも穏やかな口調でそう言う。
「え……？」
「学校内で、純白が自転車を盗んでいるところを見た生徒さんがいたらしいわ。純白は迷うことなく自転車に乗っていったから、最初はそれが盗んでいる光景だとは思わなかったそうよ。そこまで自然に盗めるなんて……」
　そこまで言って言葉を切り、あたしを見た。
「し、してない!!　あたし、他の自転車を盗んだことなんてない!!」
「本当に？」
　お母さんはあたしに疑いの目を向けている。
「本当だよ、信じてよ!!」
　あたしは必死になってそう言った。
　あのとき、たしかにあたしは迷うことなく黒い自転車を選んだけれど、それは鍵がついているのがすぐに目に入ったからだ。
　何度も盗みを繰り返していたからじゃない。
「純白の言うことを信じるわよ？」
「う、うん」
　あたしは頷く。

他にもカンニングしてしまったことへの罪悪感で言葉が詰まってしまったけれど、自転車を盗んだのは初めてだということは嘘じゃない。

「もう二度とこんなことをしないこと。颯君が早退したからって、純白まで早退しなくていいの」

「……わかった」

あたしは素直に頷いた。

「颯君はいい子だってお母さん知ってる。だから交際を認めているの。だけど純白がそんな調子じゃ、付き合いをやめてもらうしかなくなるんだからね？」

お母さんの言葉に、あたしはサッと青ざめた。

「わ、わかってるよ！　二度と自転車を盗むなんてしない！早退もしない!!」

「本当ね？　もしそれが守れなかったら、颯君とは別れてもらうわよ」

お母さんはそう言うと、すっと立ち上がってリビングを出ていったのだった。

お母さんがいなくなったリビングで、あたしは大きく息を吐き出した。

颯との付き合いが危なくなるなんて、考えてもいなかった。

こんなにも好きなのに、どうしてお母さんはそのことに気がついてくれないんだろう。

今すぐ学校を辞めて、颯と結婚したって後悔しない自信がある。
　だけど、そんなことを言ってもお母さんには通用しないことがわかっているから、何も言えなかった。
「あの男はやめておけ」
　その言葉に、あたしはお兄ちゃんを睨みつけた。
　薬局でバッタリ会ったときも、同じことを言われたと思い出す。
「なんでそんなこと、お兄ちゃんなんかに言われなきゃいけないの」
　強い口調で言い返す。
　お兄ちゃんと颯はそこまで面識がない。
　そんなお兄ちゃんに、颯のことが理解できているとは思えなかった。
「お前にはもっといい男がいる」
「はぁ？　意味わかんない」
　あたしはそう言い、立ち上がった。
　このままいつまでも、お兄ちゃんと同じ空気を吸っていたくない。
　リビングを出ようとしたとき、ふとお兄ちゃんへ視線を向けた。
「お母さんにあたしが早退したこと、バラしたでしょ」
「風邪だって言ってたじゃないか」
　お兄ちゃんはそう言う。
　たしかに、あたしは自分が風邪で早退したと伝えた。
　だけど、お兄ちゃんはそれが嘘だということに気がついていたはずだ。

あたしは眉間にシワを寄せて、お兄ちゃんを睨みつけた。

どうして、あたしと颯の邪魔をするんだろう。

恋愛に少しの障害はつきものだ。

それを乗り越えるために自転車を盗んで早退したのに、どうしてあたしが怒られなきゃいけないんだろう。

理不尽な怒りは溜まっていく。

「余計なことしないでよ!!」

あたしはお兄ちゃんにそう怒鳴りつけ、リビングを出たのだった。

3人目の犠牲者

家族間に大きな確執ができようとも、あたしと颯の関係は変わらなかった。

たとえ両親に交際を反対されても、あたしは颯と別れる気なんてこれっぽっちもなかった。

お父さんやお母さんに、颯のよさがわかるはずがない。

だけど、颯と堂々と会えなくなってしまうことが怖かったあたしは、次の休日まで大人しくいい子を演じていた。

そして休みの日。

デートの準備をしながら、あたしはスマホに視線を落とした。

そういえば、最近は監視カメラを見ていない。

休憩時間も休日もずっと颯と一緒にいるし、家にいるときには面白い話題を探すことで忙しい。

だからアプリは起動していないのだ。

今日もこれから颯に会うから、映像を確認する必要もない。

そう思い、あたしはスマホをバッグに入れたのだった。

この日のデートも、あたしたちの間に笑いが絶えることはなかった。

昨日、ネット配信されていたお笑い芸人の番組を颯に教えるあたし。

颯はあまりネットを利用しないので、その内容のどれもが真新しいものらしかった。

ネットを開けばいくらでも話題は転がっていて、あたしはいつもそれに助けられていたのだ。

話を盛り上げながら歩いていると喉が渇いてきて、あたしたちはファミリーレストランに入った。

休日の昼だから、お店の中はお客さんでいっぱいだ。

しかし幸いにもテーブルが空き、すぐに座れることになった。

……その席の隣に視線を移した瞬間、あたしの顔から笑顔が消えた。

「あ、お兄ちゃん!!」

隣の席からそう声をかけてきたのは、希彩ちゃんだったのだ。

希彩ちゃんは、数人の女の子たちと一緒にお昼を食べている。

あたしは誰にも気づかれないよう、爪を噛んだ。

「希彩、ここにいたのか」

途端に颯の声はワントーン高くなり、だらしない笑顔になる。

あたしはイライラしながら席に座った。

こんなところで会うなんて最悪だ。

偶然会っただけなのに、希彩ちゃんはさっそく颯にベタベタとくっつき、一緒にいる友達にも自慢しはじめている。

「希彩ちゃんのお兄ちゃんカッコいいね!」

「羨ましいなぁ!　あたしはそんな彼氏が欲しい!」

「ダメだよ、お兄ちゃんはあたしのだから」

そう言い希彩ちゃんはチラリとあたしを見る。

そして、勝ち誇ったような笑顔を浮かべたのだ。

この……！

思わず怒鳴り出しそうになるのを、なんとか押し込める。

ここで怒れば希彩ちゃんの思うつぼだ。

だけど、これでもう今日のデートはパァだ。

あたしは注文した料理を口に運びながら希彩ちゃんと颯の会話を聞く。

希彩ちゃんは当然のように一緒に遊びに行きたがり、颯は当然のようにそれを受け入れる。

あたしは箸をへし折ってやりたい気分になったのだった。

結局、希彩ちゃんが途中参加になったデートではいつもどおり希彩ちゃんに主導権を握られてしまった。

あたしは何度舌打ちをし、何度爪を噛んだかわからない。

帰るころには指の先から血が出ていた。

「クソガキが!!」

自分の部屋に入り、ようやく本音を口にする。

イライラと部屋の中を歩きまわり、ボロボロになったクッションを壁に投げつけた。

それでも怒りは収まらない。

誰のせいで颯が将来のことを考えなくなったと思っているんだ。

誰のせいで颯が女を殺していると思うんだ。

脳裏に浮かぶ希彩ちゃんの笑顔をかき消すように、あたしはスマホのアプリを起動した。
颯。
颯の姿が見たい。
そう思い画面を見つめる。
そして監視カメラが起動された瞬間……赤。
真っ赤に染まった颯の部屋が映し出された。
血に染まり、床に横たわっている女がこちらを見ている。
あたしは、あ然としたままその光景を見つめていた。
また……だ。
希彩ちゃんに似ている３人目の女が、カメラの向こうで息絶えている。
颯はその女の上にまたがり、興奮したように相手の服を脱がせていく。
「あぁ……」
あたしは脱力し、スマホを床に落としてしまった。
今日はデートだったのに、颯はあんなに楽しんでいたのに、どうして？
アプリは起動したままで、颯の姿がまだ映し出されている。
だけど、そんなことを気にする気力もあたしには残されていなかった。
グッタリとその場に座り込み、「どうすればいいの……」と、呟いたのだった。

相談

このままでは颯はいつか捕まってしまう。
もう３人も殺してしまっているから、そう簡単に許してもらうこともできないだろう。
何年、何十年も颯に会えない日々が続くかもしれない。
そんなこと、今のあたしに耐えられるわけがなかった。
「どうしてなの、颯……」
アルバムの中の颯に向かってそう問いかける。
だけど写真の颯は笑顔のままで、何も返事はしてくれなかった。
こんなにたくさんの颯がここにいるのに。
喜怒哀楽、すべての颯がここにいるのに。
静止画である颯は何も聞いてはくれない。
こんなに近くにいるのに、全然届かない。
あたしは颯の写真を抱きしめ、そして声を殺して泣いたのだった。

「純白、どうしたのその顔！」
翌日、学校へ行くと、杏里が真っ先にそう言ってきた。
案の定、昨日は一睡もできず、颯のことを思い出しては泣いていた。
お陰で目の下にはクマができて、充血もしている。
「ちょっと眠れなくて……」

「昨日はデートだったんでしょう？　もしかして、何かあったの？」

　その質問にあたしは小さく頷く。

　カメラの映像を思い出すと、また涙が滲んできた。

「話せることなら相談に乗るよ？」

「……ありがとう、杏里」

　だけど、話せない。

　自分だけの秘密にしておかないといけない。

「純白、あたしそんなに頼りないかな？」

　杏里がそう言ってきたので、あたしは涙をぬぐった。

「純白の役に立てないくらい、頼りないかな？」

「杏里……」

　まっすぐな杏里の視線に、あたしは言葉に詰まってしまった。

「今日のお昼、ちゃんと話してくれる？」

　そう聞かれ、あたしは小さく頷いたのだった。

　昼休みはすぐにやってきた。

　あたしは杏里と一緒にご飯を食べながらも、本当のことを言おうかどうしようか、まだ悩んでいた。

　杏里はまっすぐな性格をしているから、きっと警察に通報することを勧めてくるだろう。

　だけど、あたしにその選択肢はない。

　だから、できればある程度話を伏せて説明したかった。

　そう考えているうちにご飯は食べ終わり、杏里が「で、何があったの？」と、すぐに聞いてきた。
　さすがに教室じゃ話もできなくて、あたしたちは同じ階にある空き教室へと移動したのだった。
　以前、美術室として使われていた教室は木製の壁で覆われていて、他の教室よりも温もりを感じる。
　しかし、長く使われていなかったため、ホコリが積もっていた。
　あたしは教室のうしろにまとめて置かれているイスをふたつ引っ張り出し、ホコリを払って隣り合うように並べ杏里と座った。
「深刻な話なんだね？」
　ずっと真剣な表情をしているあたしに、杏里がそう聞いてくる。
　あたしは「うん」と、頷いた。
　そして、ひと呼吸置く。
「誰にも言わないって、約束してくれる？」
「もちろん」
　杏里は真剣な表情で頷く。
「たとえ、あたしがこれから話すことに犯罪性を感じても、黙っていてくれる？」
「えっ……」
　さすがに、杏里は表情を変えた。
　驚いたように目を丸くして、戸惑ったように視線を泳がせる。
　やっぱり、無理なお願いだよね……。

そう思ったときだった。

「わかった」

杏里がそう言ったのだ。

「杏里……？」

「たとえどんな話を聞いても、あたしは絶対に誰にも言わない」

その目はまっすぐにあたしを見ている。

「本当に？」

「うん。だって、このまま純白の悩みを聞かずにいるよりも、黙っているほうがずっとラクでいいもん。友達が悩んでいるのに何も協力できないなんて、あたしはそっちのほうが嫌だ」

キッパリとそう言いきった杏里。

あたしは杏里の言葉に、胸の奥がジンッと熱くなるのを感じていた。

杏里は本当にあたしを心配して、あたしを親友だと思ってくれている。

「ありがとう杏里。あたしも、杏里をいちばんに信用しているから、今起きていることのすべてを話すよ」

あたしはそう言い、静かに監視カメラについて話しはじめたのだった。

それから数十分後。

すべての話を終えたあたしは大きく息を吐き出した。

杏里は時折目を見開いて驚き、颯が見知らぬ女を殺したという場面では小さく悲鳴を上げていた。
それでも、杏里は途中で話を遮ることなく、最後まで聞いてくれた。
「そんなの警察に言うしかないよ!!」
聞き終えると同時に、杏里は叫ぶようにそう言った。
その顔は青ざめていて、手は小刻みに震えている。
「それはできない」
あたしは左右に首を振ってそう答えた。
杏里は今にも泣きそうな顔であたしを見る。
「本当に、警察に言う気はないんだね……？」
「うん」
あたしは深く頷く。
颯と何年も何十年も会えないなんて、考えられない。
「でも、純白のやってることは間違ってる」
「……」
杏里にそう言われ、あたしは一瞬たじろいた。
自分自身は理解していると思っていたことでも、親友から指摘されると心に突き刺さるものがある。
あたしは返事ができず、杏里を見ていた。
「黙っていることも犯罪なんだよ？」
「……わかってる」
「それでも純白は黙っているんだね？」
「……うん」
あたしは頷く。
杏里は小さく息を吐き出した。

「でも、その話を知ってしまって黙っていれば、あたしも犯罪者……」
「それは違う!!」
あたしは思わず否定していた。
そして、杏里が何か言いたそうなのを遮って話を続ける。
「だって、あたしは映像をこの目で見た。だけど杏里は見ていない。だから、あたしが嘘をついていると思ったと言えばそれで通ると思う」
あたしは、杏里を共犯にするためにこの話をしたんじゃない。
杏里はあたしの手を握りしめた。
「それなら、その映像は作り物かもしれないね」
「え?」
あたしは驚いて目を見開く。
「先輩は、純白が自分の部屋に監視カメラを仕掛けたことに気がついた。だから、驚かせるために演出をしているのかも」
杏里はそう言い、握りしめる手に力を込めた。
その手は、もう震えてはいなかった。
「だから、純白は悩む必要なんてどこにもない。すべて先輩の演技なんだから」
演技……。
あたしはカメラの映像を思い出す。
鮮明な血に、白目を剥いた女の死体。
あれは偽物なんかじゃない、本物だ。

お手数ですが
切手をおはり
ください。

郵便はがき

104-0031

東京都中央区京橋1-3-1
八重洲口大栄ビル7階

スターツ出版（株）　書籍編集部
愛読者アンケート係

（フリガナ）
氏　名

住　所　〒

TEL　**携帯／PHS**

E-Mailアドレス

年齢　**性別**

職業

1. 学生（小・中・高・大学(院)・専門学校）　2. 会社員・公務員
3. 会社・団体役員　4. パート・アルバイト　5. 自営業
6. 自由業（　　　　　　　　　）　7. 主婦　8. 無職
9. その他（　　　　　　　　　）

今後、小社から新刊等の各種ご案内やアンケートのお願いをお送りしてもよろしいですか？

1. はい　2. いいえ　3. すでに届いている

※お手数ですが裏面もご記入ください。

お客様の情報を統計調査データとして使用するために利用させていただきます。
また頂いた個人情報に弊社からのお知らせをお送りさせて頂く場合があります。
個人情報保護管理責任者:スターツ出版株式会社 販売部 部長
連絡先:TEL 03-6202-0311

愛読者カード

お買い上げいただき、ありがとうございました!
今後の編集の参考にさせていただきますので、
下記の設問にお答えいただければ幸いです。よろしくお願いいたします。

本書のタイトル（　　　　　　　　　　　　　　　　　　　　　　）

ご購入の理由は？　1. 内容に興味がある　2. タイトルにひかれた　3. カバー(装丁)が好き　4. 帯(表紙に巻いてある言葉)にひかれた　5. 本の巻末広告を見て　6. ケータイ小説サイト「野いちご」を見て　7. 友達からの口コミ　8. 雑誌・紹介記事をみて　9. 本でしか読めない番外編や追加エピソードがある　10. 著者のファンだから　11. あらすじを見て　12. その他(　　　　　　　　　　　　　　　　　　)

本書を読んだ感想は？　1. とても満足　2. 満足　3. ふつう　4. 不満

本書の作品をケータイ小説サイト「野いちご」で読んだことがありますか？
1. 読んだ　2. 途中まで読んだ　3. 読んだことがない　4.「野いちご」を知らない

上の質問で、1または2と答えた人に質問です。「野いちご」で読んだことのある作品を、本でもご購入された理由は？　1. また読み返したいから　2. いつでも読めるように手元においておきたいから　3. カバー(装丁)が良かったから　4. 著者のファンだから　5.その他(　　　　　　　　　　　　　　　　　　)

1カ月に何冊くらいケータイ小説を本で買いますか？　1. 1～2冊買う　2. 3冊以上買う　3. 不定期で時々買う　4. 昔はよく買っていたが今はめったに買わない　5. 今回はじめて買った

本を選ぶときに参考にするものは？　1. 友達からの口コミ　2. 書店で見て　3. ホームページ　4. 雑誌　5. テレビ　6. その他(　　　　　　　　　　　　　　　　　　)

スマホ、ケータイは持ってますか？
1. スマホを持っている　2. ガラケーを持っている　3. 持っていない

学校で朝読書の時間はありますか？　1.ある　2.今年からなくなった　3.昔はあった　4.ない

ご意見・ご感想をお聞かせください。

文庫化希望の作品があったら教えて下さい。

学校や生活の中で、興味関心のあること、悩みごとなどあれば、教えてください。

いただいたご意見を本の帯または新聞・雑誌・インターネット等の広告に使用させていただいてもよろしいですか？　1. よい　2. 匿名ならOK　3. 不可

ご協力、ありがとうございました!

「先輩の演技に騙されないためにはどうしたらいいか、わかる？」

その問いに、あたしは首を振った。

「カメラを二度と見ないことだよ」

杏里の声が、静かな空き教室に響いたのだった。

順調なふたり

杏里の考え方はあたしにとって衝撃的なものだった。
カメラの映像はすべて偽物。
だから誰も悪くない。
あたしはその考え方にフワフワと空中に浮いているような気分になった。
あたしが悩む必要は何もない。
だって、すべて嘘なんだから。
颯は誰も殺していない。
それでも、あたしの手は自然とスマホに伸びていた。
監視カメラで真実を確認したい。
そんな衝動が抑えられない。
だけど、あたしは握りしめたスマホをカバンに戻した。
そもそも、こうなってしまったのはあたしが監視カメラを仕掛けたからだ。
カメラさえ見なければ、今までどおりの生活が送れる。
そう思い直し、自分の衝動を抑え込んだのだった。
杏里に打ち明けてから数日が経過していた。
杏里も、あたしの話を聞かなかったかのように、自然に振るまってくれている。

昼休みにふたりでお弁当を広げていると、杏里がニコニコと上機嫌なことに気がついた。

「杏里、何かうれしいことでもあった？」
「うん！」
　あたしの質問に即答する杏里。
　これは片思いに進展があったのかもしれない。
　直感的にそう感じる。
「何があったの？」
「好きな人と、デートの約束したの」
　杏里はそう言い、顔を赤くしてうつむいた。
　うれしいけれど、いざ言葉に出して伝えると照れてしまうようだ。
　そんなかわいらしい反応の杏里に、あたしも思わず笑顔になる。
「よかったじゃん！」
「うん、ありがとう」
　けれど、杏里はすぐに不安そうな表情を浮かべてあたしを見た。
「デートってさ、何するものなのかな？」
　そう聞かれて、あたしは瞬きを繰り返す。
「何って……おいしいものを食べたり、遊んだりじゃないの？」
「それは、わかってるんだけど……」
　そう言い、口ごもる杏里。
　あたしは首を傾げて杏里を見た。
「あたしと、彼はまだ付き合っているとかじゃないから、どんな会話をしたらいいのかわからなくて……」

「それなら、デートじゃなくて遊びに行く感覚でいいんじゃない？」
「でも、純白と遊ぶのと同じようにはいかないと思うし……」
そう言い、杏里はうつむいてしまった。
うれしい反面、不安も大きいみたいだ。
「せっかくデートまでこぎつけたんだから、相手の前でそんな顔を見せちゃダメだよ？」
あたしがそう言うと、杏里はハッとしたように顔を上げた。
「そうだよね……」
「そうだよ！　ねぇ杏里、せっかくだからデート用の服を買いに行こうよ！」
「いいの？」
「うん！　杏里に何が似合うか見てあげる！」
順調に進んでいく杏里の恋愛に、あたしはほほえんだのだった。

放課後になり、あたしと杏里はふたりで近くのデパートへ来ていた。
「さすがに、学生が多いね」
店内には同じ制服を着た学生たちがたくさん歩いている。
電車の時間までここで暇つぶしをしている子も多いみたいだ。
「そうだね。早く行かなきゃ、かわいい服は買われちゃうかも」
そう言い、あたしは杏里の手を引いて大股に歩き出す。

今日は偶然にも割引セールの日みたいで、お客さんの手にはたくさんの買い物袋が握られている。

「ここのお店なんていいんじゃない？」

３階にある、若い子に人気の洋服屋の前で立ち止まる。

「わぁ、かわいい！」

杏里はマネキンが着ている服を見て、すぐに目を輝かせた。

よかった。

このお店は杏里の好みだと思っていたんだ。

喜んで店内を見てまわる杏里に、なぜだか胸の奥がチクリと痛んだ。

杏里はきっと相手の男の人と付き合いはじめるだろう。

好きでもない子とデートなんてしないもんね。

そうなると、杏里と遊ぶ時間は減っていくのかな……。

悩み

結局、杏里は今年流行っている花柄のワンピースを１枚買って、とてもご機嫌だった。

あたしもいろいろと店内を見てまわったけれど、気分が乗らず買い物はしなかった。

「今日は買い物に付き合ってくれてありがとう！」

別れ際、杏里がそう言ってくる。

その表情は晴れやかで、ウキウキしているように見える。

「ううん。あたしも楽しかった。デート、頑張ってね！」

「うん!!」

杏里は大きく頷くと、オレンジ色の空の向こうへと駆けていってしまった。

杏里の背中を見送り、その場に立ち尽くすあたし。

同じように人を好きになり、同じようにデートをしているあたし。

なのに、どうしてこんなにも違うんだろう。

そう思い、体の向きを変えてゆっくりと歩き出す。

あたしは、颯と付き合う前の気持ちを忘れてしまったんだろうか？

それとも……もともと、颯への気持ちが間違っていたんだろうか。

あたしは、隠し撮りなんてしないと言いきった杏里を思い出していた。

相手のことを思うからこそ、そんなことは絶対にしない。

杏里からは、自分よりも相手の幸せを願う気持ちがあふれ出ている気がする。

「あたしには、それが足りないのかな……」

あたしはひとりでそう呟いたのだった。

順調な片思いをしている杏里を見ていると、あたしの中には徐々に疑問が浮かんできていた。

あたしと颯はこのまま付き合い続けるべきなんだろうか？

けれど、颯のことを考えれば考えるほど別れるという選択肢が遠のいていく。

あたしは颯を手放したくない。

これから先も、ずっとだ。

その気持ちはきっと変わることはないだろう。

でも、颯の気持ちがあたしから離れていくことはあるかもしれない。

今だって、颯の心には希彩ちゃんが大きく存在しているのだ。

あたしは、颯の心からいつはじき出されるかもわからない。

そう思うと、焦りを感じはじめる。

颯とメールをしていても、デートをしていても、いつも機嫌をうかがうようになってしまう。

気疲れは徐々に増していき、気がつけばあたしから笑顔が少なくなっていった。

「最近、疲れているみたいだけど大丈夫？」
　そのことに気がつくのは、颯ではなく、杏里だった。
　翌日の昼休み、あたしはお弁当を食べる手を止めて、杏里を見た。
「疲れているように見える？」
「うん。少しだけ元気がないように見えるけど、大丈夫？」
　本当なら、その言葉は颯から聞きたかった。
　あたしは小さくため息を吐き出し、ご飯を口に入れた。
「また、何かあった？」
「うん」
「まさか、まだカメラの映像を見ているんじゃないよね？」
　杏里が小声でそう聞いてくる。
　あたしは慌てて首を振った。
「もう見てないよ」
　杏里に言われて以来、あたしはアプリを起動していない。
「それならいいけど」
　ホッとしたように杏里は笑顔になる。
「でも、颯は相変わらず妹中心だから、なんだか疲れてきちゃって」
「そうなんだ……」
　なんでもかんでも希彩ちゃんが先頭で、あたしは２番目。
　それでも颯に嫌われないためには２番目でも不満をこぼしてはいけない。
　そんなことを、あたしは杏里に話した。
「ごめんね、こんなこと話して」

話すことで多少は心の中がスッキリして、ようやく笑顔になれるあたし。
「ううん、たしかに先輩のシスコンは少し異常だと思うよ」
と、杏里は顔をしかめて言った。
「あたしだって、好きな人が妹ばかりに目を向けていたら、悩んで落ち込むし」
「そうだよね……」
「なんとか、妹さんと先輩を引き離せたらいいけどね」
杏里の言葉に、あたしはお弁当から視線を上げた。
「引き離す……？」
「うん。一緒にいる時間を削減できれば、徐々に妹離れしていくんじゃないかな？」
一緒にいる時間を削減……。
颯が希彩ちゃんの話題を出さないようにしていたときのことを思い出していた。
あのとき、楽しい話題を振ると颯はずっとあたしの言葉に耳を傾けてくれていた。
いろいろと悩んでそれも途中でやめてしまったけれど、もう一度やってみようか。
そんな思いがよぎる。
だけど、休憩時間のたびに教室へ行くのはさすがに疲れてしまう。
何か、他にいい方法はないだろうか？
杏里が言うように、希彩ちゃんと颯を引き離すような方法が……。

「純白、また表情が険しくなってるけど、大丈夫？」
　そう言われ、あたしはハッと我に返った。
「大丈夫だよ。なんだかいい案が浮かんできそうだし、やっぱり杏里に相談して正解だった」
　あたしはそう答えたのだった。

4章

計画

翌日。
学校が休みだったこの日、あたしは颯とデートの約束をしていた。
あたしは動きやすいズボンとTシャツにブルーのカーディガンを着て、家を出た。
いつものデートよりも少しラフな格好だ。
歩いて数分で約束場所に到着すると、颯は先に来ていた。
「おはよう純白」
颯が無精ヒゲの生えた顔で手を振った。
「おはよう」
デートのときにも見た目を気にしないのは、いつもと変わらないようだ。
「今日はどこに行く？」
そう聞くと、颯がスマホを取り出して時間を確認した。
「昼過ぎに希彩が帰ってくるから、それまでに帰りたいんだけどいいかな？」
そう聞いておきながらも、颯はすでに昼過ぎには帰ると決めているようだ。
あたしは、強い口調で言い返しそうになるのをなんとかのみ込んだ。
「いいよ。それなら今から颯の家に行こうよ」
「あ、それいいな」

ニコッと笑う颯。

全然よくない。

そんなあたしの気持ちなんて、颯はちっとも理解してくれていなかったのだった。

それでも、せっかくのデートだ。

あたしと颯は途中コンビニに寄っておやつやジュースをたくさん買い込んだ。

「これで1日、家にいられるな」

コンビニを出るとき、颯はそう言って笑った。

こうしてふたりでいるのに、1日家から出ないなんて嫌だ。

そう思っても「そうだね」と、返事をする。

きっと、希彩ちゃんならどこかに行きたいとすぐにおねだりをするのだろう。

そして颯はそれを嫌がったりはしない。

あたしは歩きながら颯の横顔を見た。

颯は上機嫌で、さっきから鼻歌を口ずさんでいる。

「ねぇ颯、やっぱりどこかに行きたいな」

そう言って立ち止まると、颯は鼻歌をやめて嫌そうな顔をあたしへ向けた。

「はぁ？」

「じょ……冗談だよ」

そう言うと、颯の表情はまた明るくなる。

あたしは自分の胸の奥に、黒く渦巻くものが生まれるのを感じていた。

颯の家に遊びに来るのは久しぶりで、あたしは少しドキドキしながら颯の部屋に足を踏み入れた。

変わらない部屋がそこにある。

ベッドを見た瞬間、颯によって殺された３人の女の顔が浮かんできて、思わず口をふさいでいた。

「どうした？」

ふいにうしろから声をかけられ「なんでもない」と、笑顔を作る。

颯はこの部屋で３人殺した。

みんな希彩ちゃんにそっくりな女で、クローゼットに押し込まれた……。

あたしの視線は自然とクローゼットへと向けられていた。

心臓がドクドクと早くなるのを感じる。

ベッドに座った颯がコンビニの袋からお菓子を取り出し、テーブルに広げていく。

あたしはなるべくクローゼットのほうを見ないように、クローゼットに背を向けて座った。

棚の上にはあたしの買った監視カメラのクマがちゃんと置かれている。

最近は確認していないけれど、被害者が増えたりはしてないよね？

ふと不安になり、そんなことを考える。

そのときだった、颯がふいに立ち上がり思わず身を固くした。

「コップ持ってくるな」

「う、うん。お願い」

颯があたしのうしろを通りすぎる瞬間、ゾクッと背筋が冷たくなる。

あんな映像を見てしまったから、少し敏感になっているようだ。

颯が部屋から出ていくと、あたしは肩の力を抜いた。

あたしは颯が望むのであれば殺されることだってできる。

だけど、颯があたしを殺すつもりならばもうとっくの前に手を出しているだろう。

あたしは体を反転させてクローゼットを見た。

どうして彼女たちは殺され、あたしは生きているんだろう。

颯にとって、彼女たちとあたしの差はなんなんだろう?

「やっぱり、颯を止められるのはあたしだけなのかも……」

あたしはある計画を考えつき、ポツリと呟いたのだった。

実行

颯の部屋に来て数時間が経過していた。

お昼ご飯はコンビニで買ったおにぎりで済ませたあたしは、1階で玄関の開く音がしたのを聞いた。

「帰ってきた」

颯がそう言い、すぐに立ち上がる。

ドタドタと足音を響かせて1階へ下りると、希彩ちゃんとの話し声が聞こえてきた。

相変わらずな様子にあたしはテーブルに視線を落とした。

「あたしなら、颯を助けられるから……」

颯を助けて、もう被害者は出さないようにする。

「だから、もう大丈夫だからね……」

あたしはそう呟き、監視カメラへ視線を向けたのだった。

希彩ちゃんが帰ってきから数十分たっても、颯は部屋に戻ってくる気配がなかった。

時々1階からふたりの楽しそうな笑い声が聞こえてくる。

颯にとって部屋で彼女が待っていることなんて、きっとどうでもいいことなんだ。

あたしはカバンを持ち、立ち上がった。

部屋を出る寸前、クローゼットに視線を向ける。

「颯はあたしが止めるから」

そこにいるであろう3人の子たちにそう声をかけ、部屋を出た。
　1階へ下りると、リビングのほうから楽しそうな声が聞こえてきて、あたしはまっすぐそちらへ向かった。
「颯、今日はもう帰るね？」
　そう声をかけ、ドアを開ける。
「え、帰るのか？」
　リビングで希彩ちゃんと会話をしていた颯がこちらを振り向く。
「うん。用事を思い出したから」
「それなら送っていくよ」
　そう言い、立ち上がる颯。
　颯はいつの間にかキレイにヒゲを剃っている。
　帰ってきた希彩ちゃんに言われて剃ったのかもしれない。
「いいよ、ひとりで帰れるから」
「でも……」
「お兄ちゃん、いいって言ってるんだから、いいじゃん」
　希彩ちゃんが颯の腕を掴んでそう言う。
「あぁ……そうか？」
「そうだよ。ねぇ？　純白さん？」
　チラリとあたしを見る希彩ちゃん。
「そうだね。颯はブラコンの妹の世話が大変だしね」
　あたしはそう言いニヤリと笑う。
　その瞬間、希彩ちゃんの表情が険しくなる。
　今まで散々甘やかされてきたから、感情を隠すこともできないらしい。

「じゃぁね、颯。またエッチしようね。妹とはエッチできないから」

あたしはそう言い、リビングのドアを閉めたのだった。

颯の家を出てゆっくり歩いていると、うしろから足音が聞こえてきた。

颯のものじゃないことは、すぐにわかる。

歩幅は小さく、感情に任せて地面をけり上げているのがわかる。

あたしはつけられていることに気がつかないフリをして、普段は通らないひと気の少ない道を歩く。

足音もそれについてきた。

道幅は狭く、だけど交通量は多い。

そんな道を歩調を速めて右へ左へと曲がりくねる。

うしろの足音は、あたしを見逃さないように時々早足になる。

ここまで来れば、もうひとりでは帰れないだろう。

そう思ったとき、あたしは足を止めて振り向いた。

真うしろにいた希彩ちゃんがハッとした表情を浮かべて足を止める。

「あたしに何か用事？」

あたしは穏やかな口調で希彩ちゃんに話しかける。

「べ、別に……。友達の家に行こうとしてただけ」

そう言い、希彩ちゃんはあたしを通り越して歩き出す。

しかし、ここがどこかわからないようで、十字路で立ち止まって周囲を見まわしている。
　あたしは足音を立てないよう、そっと希彩ちゃんのうしろに立った。
　近くの信号機が切り替わり、立て続けに車が走っていく。
「あたしは希彩ちゃんに用事があるわ」
「へ？」
　振り返る希彩ちゃんの背中をあたしは強く押していた。
　希彩ちゃんは体のバランスを崩し、十字路へと足を踏み出す。
　あたしはきびすを返し、歩き出した。
　途端にブレーキ音が響き渡り、何かにぶつかる音が聞こえてくる。
　しかしあたしは一度も振り返ることなく、その場をあとにしたのだった。

支え

家に帰ってきたあたしは大きな仕事を終えた気分になって、深く息を吐き出した。
いつも心のどこかで考えていたことを、ついに実行してしまったのだ。
無理だ、できるわけがないと思っていたことをやってしまった。
そう思うと身震いが襲ってきた。
でも、これで希彩ちゃんと颯は離ればなれだ。
それも、永遠に。
希彩ちゃんはここで死ぬことになるんだから、二度とその顔を見て不愉快な思いをすることもない。
そう思うと、大きな満足感が体を支配し、自然と笑顔がこぼれた。
希彩ちゃんがいなくなると、きっと颯はすごく落ち込んでしまうだろう。
普通に生活ができない状態になるかもしれない。
だけど大丈夫。
あたしが支えてあげるから。
颯のそばにいられるのであれば、あたしはなんだってしてあげよう。
そのくらいの気持ちは、とっくの前からできていた。
そして颯が立ち直ったとき、あたしたちはようやく希彩ちゃんから解放されるだろう。
　あたしはそう思い、気がつけば深い眠りについていたのだった。

　枕元に置いていたスマホが鳴り、あたしは目を開けた。
　時計を確認すると午後4時を過ぎたところだ。
　スマホの画面には、颯からの着信を知らせる文字が出ている。
　あたしはベッドから体を起こし、うーん、と伸びをした。
　よく眠っていたから、頭がずいぶんとスッキリしている。
　今までの悩みなんて嘘みたいだ。
　あくびをひとつして、ようやく電話に出た。
「もしもし？」
《純白！　大変なんだ!!》
　あたしの『もしもし？』もロクに聞かず、颯の怒鳴るような声が聞こえてくる。
「どうしたの？」
　あたしは、あくびを噛み殺しながらそう聞いた。
《希彩が事故に遭った!!》
「希彩ちゃんが？」
《あぁ。今、病院にいる。もう、どうすればいいかわからなくて》
　パニック状態で、泣きそうな声を出す颯。
　今ごろになって颯に連絡が入ったのか。
　身元がわかるものも持たずに飛び出してきたから、時間がかかったのかもしれない。
「落ちついて颯。希彩ちゃんの容態は？」
《今、手術を受けてる。大型のトラックにはねられたみたいで、状況は最悪だ》
　希彩ちゃんを轢いたのは大型トラックだったのか。
　それなら死ぬ可能性は思っていたよりも高くなったんだ。
　あたしはそう思い、ほほえむ。
「わかった。あたしも一緒にいてあげる」
《あぁ……ありがとう純白》
　そう言い、あたしたちは電話を切った。
　ベッドから立ち上がり、もう一度大きく伸びをする。
　どれだけ願っても、祈っても、死ぬものは死ぬの。
　あたしは冷めた気持ちでそう思い、バッグを掴んで部屋を出たのだった。

　病院の手術室の前のベンチに、颯はいた。
　さっきまで元気に笑っていたのに、今は憔悴しきった様子でうつむいている。
「颯、大丈夫？」
　横に座り、颯の背中をさする。
　すると颯はようやく顔を上げ、あたしを見た。
「純白……俺……どうすればいいんだ……」
　颯の目の下にはクマができていて、精神的に追い詰められていることがわかった。
「大丈夫だよ颯。きっと希彩ちゃんは助かるから」

あたしは心にもないことを言い、颯の手を握りしめる。
颯も、あたしの手を握り返してきた。
その手は頼りなく震えている。
「今日……純白が帰ったとき、希彩もすぐに家を出たんだ」
「そうだったんだ？」
「あぁ。急に『友達との用事を思い出したから』って言い出して……。俺、あのとき希彩が出かけるのを止めなかったんだ」
そう言い、颯は鼻をすする。
頬には一筋の涙が流れていた。
「あのとき、俺が引き止めていれば希彩は事故には遭わなかった……!!」
「それは違うよ、颯！」
あたしは颯の手を強く握りしめる。
「事故に遭うなんて、誰も思わないよ。仕方のないことなんだよ」
「でも……！」
「自分を責めないで！」
あたしはそう言い、颯の体を抱きしめた。
猫背になり、うずくまるような格好の颯はひどく小さく見える。
そのときだった。
慌てている足音がふたつ、こちらへ近づいてきた。
あたしは颯を抱きしめたまま、そちらへ視線をやる。
すると、そこには颯のご両親の姿があった。

　ふたりともスーツ姿で、仕事を途中で抜け出してきたみたいだ。
　あたしはそっと颯から身を離した。

「純白ちゃん、来てくれてたのね」
「はい」
　颯のお母さんの言葉にあたしは頷く。
「ありがとう。希彩はまだ手術中なんでしょう？」
「そうみたいです」
　あたしがそう答えると颯の両親は肩の力を抜き、颯の隣に座った。
　待つしかできない。
　この時間はあまりにも長いものだ。
「純白、俺の手、握ってて」
　小さな声で颯が言う。
　あたしは無言で頷き、颯の手を握りしめた。
「ありがとう、純白ちゃん」
　颯のお父さんが、ふいにそう言ってきたのであたしは視線を移動させた。
「え？」
「いつも颯の支えになってくれているのを、知っているよ」
　そう言い、優しい笑顔を浮かべる。
「颯は妹にゾッコンだから、正直彼女ができるかどうか不安だったんだ。そんなとき、純白ちゃんみたいないい子と付き合いはじめて、本当に安心したんだよ」

そうだったのか。

たしかに、颯を見ていると彼女ができるかどうか不安になるだろう。

すごくカッコいいのに、妹以外には見向きもしないんだから。

「あたしは、これから先も颯を支えていきます」

「そうか、本当にありがとう。どうしようもない息子だけどよろしく頼むよ」

お父さんの言葉に、あたしは「はい」と、力強く頷いたのだった。

ヤマ

希彩ちゃんの手術が終わったのは、それから2時間後のことだった。
「どうなんですか？」
手術室から出てきた医師に真っ先にそう聞いたのは、颯だった。
「最善を尽くしましたが、今夜がヤマでしょう」
真剣な面持ちでそう答える医師。
大型トラックにはねられたんだ。
そう簡単に大丈夫とは言えないだろう。
「そう……ですか……」
颯は気が抜けたようにその場に座り込んでしまい、あたしは慌てて駆け寄った。
「颯、大丈夫？」
そう聞いても、返事はない。
颯は何もない空間を、ぼんやりと見つめている。
颯だけじゃない。
手術が終わったときには、待っていた全員が疲れの色を隠せずにいた。
あたしも、ただ座っているだけの時間にかなり疲れてしまった。
ショックと疲れが混ざり合い、誰も何も言おうとしない。
結局、希彩ちゃんは集中治療室に入れられ、あたしたちはその病室の前に移動してきていた。

病室の中での宿泊はできないため、家族用の部屋にひとりだけ泊まることが許された。

「俺が泊まる」

真っ先に颯が言う。

しかし、家族宿泊室を利用できるのは女性のみという規定があるらしく、結局お母さんがひとりで泊まることになったようだ。

病院を出るとすっかり日が落ちていて、颯の目は真っ赤に充血していた。

あたしも颯の涙でもらい泣きしてしまったけれど、悲しむ気持ちはみじんもなかった。

「純白ちゃん、タクシーで帰りなさい」

サイフから千円札を数枚抜き取り、あたしにそう言うお父さん。

あたしは慌てて「大丈夫ですから」と、首を振った。

「だけど、颯が君を呼んだんだろう？　帰りくらいこちらで用意させてくれないか？」

そう言い、お父さんは優しくほほえむ。

それでもあたしは一瞬迷い、それから「じゃぁ、甘えさせていただきます」と、両手でお金を受け取った。

「それじゃ、気をつけて」

そう言い、歩き出すお父さん。

颯はあたしに何も言わず、そのうしろを歩いていったのだった。

「今夜がヤマか……」

家に帰り、お風呂に入りながらあたしは呟く。

希彩ちゃんは今どんな状況なんだろうか？

手術室から出てきた希彩ちゃんはいろいろな管に繋がれ、頭には包帯が巻かれていた。

事故のとき、頭を強く打ったのかもしれない。

「死ぬよね、きっと……」

あたしは自分の手を見つめた。

希彩ちゃんの背中を押したときの感触が、今でもしっかりと残っている。

あたしはその感覚を振り払うように、湯船に深く浸ったのだった。

ベッドに戻ったあたしは、思ったよりもすんなりと眠りにつくことができた。

夢の中であたしは細い道をまっすぐに歩いていて、周囲は不気味なほどに静かだった。

歩いても歩いても何もなくて、ただ左右に高い塀が続いているだけだった。

日は徐々に傾きはじめ、自分の影が長く長く伸びていく。

あたしは少し焦りはじめ、自然と歩調が速くなっていた。

そのときだった。

前方が急に開け、車が通り抜けた。

十字路だ！

あの十字路を抜ければ家に帰れる。

そう思い、走りはじめた。
そのときだった。
長く伸びた自分の影があたしの手を掴んだのだ。
影はあたしを引きずるようにして進みはじめる。
「あ……あ……」
あたしは影を振り払うこともできず、前へ前へと足を踏み出す。
そして……十字路の真ん中で、ふいに立ち止まってしまった。
足を前に出そうとしても、影が動こうとしないからあたし自身も動けない。
パアァー!!
と、大型トラックのクラクションの音が鳴り響く。
あたしは体を動かすことができず、目だけでそれを見ていた。
一気に距離を詰めるトラック。
あたしの体は衝撃と同時に大きく吹き飛ばされ、強く地面に叩きつけられる。
降ってきたあたしに驚き、うしろにいた自動車がブレーキを踏む。
しかし遅かった。
あたしの体はまたはねられ、今度は車の下敷きになった。
骨が折れる音が聞こえる。
肉が裂ける音が聞こえる。
体中が焼けているように痛い。

その瞬間……影が伸び、あたしの体を覗き込んだ。

その影は希彩ちゃんの顔をしていて、あたしを見るとニヤリと笑ったのだった。

ケーキ

目が覚めたとき、外はもう明るくなっていた。
体にはグッショリと汗をかいていて、水分を含んだパジャマが気持ち悪い。
「最悪な夢」
そう呟き、起き上がる。
心なしか頭が痛い。
ヘンな夢を見て汗をかいたから、風邪を引いてしまったのかもしれない。
あたしは手っ取り早く制服に着替えて、部屋を出た。
ダイニングに入るとあたしよりも先にお兄ちゃんがイスに座っていて、あたしは一瞬たじろいた。
「なんだよ」
朝ご飯を食べていたお兄ちゃんが手を止め、怪訝そうな目であたしを見る。
「別に……いつもこの時間には部屋にいるから驚いただけ」
そう言い、自分でご飯をついで座る。
「今日は朝から試験があるんだ」
「へぇ」
聞いてもいない話に、あたしは適当に相槌を打つ。
「誕生日のケーキ、純白は食べてないだろ」
お兄ちゃんはそう言い、冷蔵庫からショートケーキを取り出した。

一瞬、なんのことかと考えたけれど、そういえば少し前にお兄ちゃんの誕生日があったことを思い出した。
「いらない」
あたしは、ショートケーキに見向きもせずにそう言った。
「お前の分なんだぞ」
「いらないってば！」
あたしはキツイ口調でそう言い返す。
朝からケーキを食べたいなんて思えないし、お兄ちゃんの誕生日ケーキなんてどうでもいい。
一緒に朝食を食べているだけでも食欲は半減してしまっているというのに、食べられるわけがない。
あたしは残りのおかずを捨てて席を立った。
「おい……っ」
お兄ちゃんがケーキを方手に持ったまま、あたしの腕を掴んだ。
思わぬことで体のバランスを崩したあたしは、ダイニングテーブルに両手をついた。
その拍子にお兄ちゃんが持っていたケーキが床に落ち、大きな音を立ててお皿が割れてしまったのだ。
「何すんの!!」
あたしはお兄ちゃんの腕を振り払い、睨みつける。
床に落ちたケーキは、クチャクチャに潰れてしまって、もう食べられない。
「余計な仕事を増やさないでよ!!」
あたしはそう怒鳴ると、お兄ちゃんに雑巾を投げつけ、大股でダイニングをあとにしたのだった。

「ほんっと、サイテー」
　あたしはそう呟き、カバンを掴んで部屋を出た。
　ダイニングからは、お兄ちゃんが片づけをしている音が聞こえてくる。
　片づけを手伝う気なんて、もちろんない。
　いきなり腕を掴んできたお兄ちゃんが悪いんだから。
　お兄ちゃんと関わるとロクなことがないんだから。
　あたしはそう思いながら家を出たのだった。

ピンチ

学校までの道のりでスマホを確認したけれど、颯からは何も連絡が来ていなかった。
昨日の段階で、ヤマだと言われていた希彩ちゃんを思い出す。
希彩ちゃんの容態はどうなったのか気になったけれど、連絡していいものかどうかもわからない。
もし、朝から病院へ行っていたらスマホを確認することもあまりないだろう。
希彩ちゃんがあんな状態だから、きっと颯は今日、学校を休むだろう。
昨日の颯の様子を思い出すと、とても勉強ができる状態ではなさそうだ。
今は颯からの連絡を待つしかなさそうだ。
そう思い、教室へ向かう。
「おはよう純白」
先に来ていた杏里が声をかけてくる。
杏里の姿を見た瞬間、自分の胸がチクリと痛むのを感じた。
真っ白な杏里はすべてを見透かしているように思えて、視線を泳がせる。
「どうしたの？」
挙動不審になってしまったあたしに、不思議そうな視線を向けてくる杏里。

あたしは慌てて笑顔を作り「なんでもないよ」と、言ったのだった。

杏里に希彩ちゃんが事故に遭ったことを隠しておくのもおかしいので、あたしは手短に昨日の病院でのことを説明していた。

「大丈夫そうなの？」

杏里の言葉に、あたしは「わからない」と、左右に首を振る。

今のところ颯から連絡は来ていないから、昨日と大して状態は変化していないのかもしれない。

「そっか、心配だね……」

杏里はそう言い、眉を下げたのだった。

颯の連絡が来ないまま時間は進んでいき、あっという間に放課後になっていた。

今日はこれからまっすぐ帰ってもとくに用事はないし、どうしようかと迷う。

久しぶりに杏里を誘ってどこか遊びに行こうか。

そう思ったとき、杏里があたしの前を通りすぎた。

「今日は用事があるから、先に帰るね」

「あ、そうなんだ。気をつけて帰ってね」

「うん。じゃぁまた明日ね！」

そう言い、杏里は足早に教室を出ていってしまった。

あたしはそのうしろ姿を見送り、軽く息を吐き出す。

仕方ないから、あたしもまっすぐ帰ろう。

そう思い、カバンを持った。
そのときだった。
スカートの中に入れていたスマホが震えはじめたのだ。
ハッとして取り出し、画面を確認する。
颯からの着信だ！
あたしは教室から出て、廊下の隅で電話に出た。
「もしもし!?」
《もしもし、純白？》
颯の疲れ切った声が聞こえてくる。
あまり眠れていないのか、鼻声みたいになっている。
「颯、どうしたの？」
《あぁ……、希彩なんだけど……》
その言葉に、ドクンッと心臓が跳ねる。
颯からの電話だから、当然希彩ちゃんについてだと思っていた。
でも、いざその話になるとドキドキしてしまう。
あたしは大きく息を吸い込んだ。
大丈夫、覚悟はできている。
希彩ちゃんが死んだという連絡でも、笑いを我慢することはできる。
「あれから、容態に変化はあったの？」
《それが……》
颯が言葉を詰まらせる。
「颯……？」
《なんとかヤマは越えたんだ》

その言葉にあたしは、あ然としてしまった。
ポカンと口を開き、スマホを耳に当てたまま固まってしまう。
ヤマは越えた？
嘘でしょう？
大型トラックにはねられて、頭に包帯を巻いていたのに？
《でも、まだ意識不明の重体だ》
「そう……なんだ……」
颯の言葉に少しだけ胸を撫で下ろす。
まだ意識が戻らないのなら、とりあえずは安心だ。
もし万が一、意識が戻ってしまったら……？
考えただけで背筋が震えた。
希彩ちゃんはきっと、あたしが突き飛ばしたことをバラしてしまうだろう。
そうなると、あたしは逮捕されて颯と会うことができなくなってしまう。
それだけじゃない。
とても大切な妹を殺そうとしたあたしを、颯は決して許すことはないだろう。
どっちに転んでも、颯とあたしは切り離されてしまうのだ。
死んでくれなきゃ困る。
絶対に、死んでくれなきゃ困るんだ……。

付きっきり

颯との電話を終えたあたしは、どうやって家まで帰ってきたのかよく覚えていなかった。
呆然とした状態で歩いていると、いつの間にか家が目の前にあった。
「何してんだ、純白？」
玄関前でそう声をかけられて我に返ると、お兄ちゃんが不思議そうな顔をしてあたしを見ていた。
「あ……おかえり」
お兄ちゃんは伸びてきていた髪を切り、いつもよりもさわやかな印象になっていた。
「家、入らないのか？」
「入るよ……」
あたしはそう返事をして、お兄ちゃんのあとに続いて家の中へと入ったのだった。
「今日はどうしたんだよ、ボーッとしてお前らしくないな」
「別に、なんでもないよ」
本当のことなんて言えるわけもなく、あたしは適当に返事をする。
階段を上がって自分の部屋に入ろうとしたとき、お兄ちゃんに手首を掴まれた。
立ち止まり、振り返る。
「何？」

いつもなら不快感が湧いてくるけれど、今はそれどころじゃなかった。

「お前さ、前に監視カメラ買っただろ」

そう言われ、あたしはお兄ちゃんの顔を久しぶりに真正面から見た。

気がつかなかったけれど、少し痩せたみたいで前よりもカッコよくなっている。

「それが何よ」

あたしは強く口調でそう言った。

「何って……そういうの、普通じゃないだろ」

「普通って何？　お兄ちゃんは四六時中パソコンの前にいるじゃん。それって、あたしからしたら普通じゃないんだけど」

イライラしながらそう言う。

お兄ちゃんがやっていることと、あたしがやっていることは全然違う。

そんなの、言われなくてもわかっている。

だけど、前々から自分よりも劣っていると思っていたお兄ちゃんに指摘されることが、許せないのだ。

そんな態度のあたしを見て、お兄ちゃんは諦めたようにあたしの手を離した。

そしてあたしは無言のまま部屋に入ったのだった。

希彩ちゃんは死ななかった。

そして颯は、希彩ちゃんに付きっきりの状態になってしまった。

あたしは部屋の中をグルグルと歩きまわり、爪を噛んだ。

こんなハズじゃなかった。

希彩ちゃんは今ごろもう死んでいる予定だった。

それなのに……！

予定が狂ってしまった。

希彩ちゃんが意識不明ということは、颯は意識が戻るまで学校には来ないかもしれない。

そうなると、颯の将来はいったいどうなるの？

就職や進学といったことよりも、卒業が難しくなってくるかもしれない。

颯が留年してしまう……。

またガリッと爪を噛み、そこから血が滲んできた。

それでもあたしは爪を噛むことをやめなかった。

ガリッガリッ。

血が口の中に入ってきて鉄臭い味が広がる。

指の先から血が流れ落ちて、床にシミを作った。

どうにかしなきゃ……。

そう思うばかりで、いい解決策は何も浮かんでこなかったのだった。

やつあたり

　希彩ちゃんを殺しそびれてしまったことで、あたしの生活は一変した。
　頭の中にはつねに希彩ちゃんのことを気にかけていて、いつでも颯からの連絡を待っている状態だ。
　気がつけば『早く死ね』と願っている自分がいて、それは知らない間に顔にまで出てしまっていた。
「純白、今日も険しい顔してる」
　休憩時間に杏里にそう言われて、あたしは自分の頬に触れた。
　緊張で筋肉がこわばっているのがわかる。
「そうかなぁ？」
　あたしは首を傾げてとぼけて見せた。
「希彩ちゃんが事故に遭ってから、ずっと険しい顔をしてるよ？」
　そう指摘されたあたしは、思わずドキッとしてしまった。
　杏里は、いつもあたしと一緒にいるからさすがに鋭い。
「心配なんだもん」
「そうだよね。早く目を覚ますといいね」
　何も知らない杏里は、あたしの嘘に気づくことなくそう言ってあたしの肩を叩いた。
「杏里は最近、元気そうだよね」
　あたしがそう言うと、途端に杏里は頬を赤らめた。

何か思い当たるふしがあるみたいだ。
「何かいいことでもあった？」
そう聞くと、「そ、それほどでもないけどね」と、あからさまに視線をそらせた。
真っ赤になってしまうということは、恋愛関係で何かあったに違いない。
「そういえば、片想い中の人とはどう？」
わざとそう聞くと、杏里はさらに赤面し耳まで真っ赤になってしまった。
聞かなくても、相手との関係が順調だと言うことが伝わってくる態度だ。
「時々……メールとか電話とかしてる」
モゴモゴと小さな声でそう返事をする杏里。
「へぇ！　すごいじゃん！」
たったそれだけの進展で真っ赤になってしまう杏里に、どうしても笑いが込み上げてくる。
純粋すぎて、あたしには理解できない世界だ。
だけど、それは見ていてとても面白く、新鮮だった。
とても本人には言えないけど……。
「どんな電話やメールをしてるの？」
「えっと……今日あった出来事とか、面白いテレビ番組の話題とか」
うれしそうにそう言う杏里。
正直、友達同士でもできる会話なんて、大して興味がなかった。

もっと、人には言えないような過激な内容なら興味があったのに。

といっても、杏里にはそんな会話まだまだ早そうだ。

「今度は杏里からデートに誘ってみたら？」

冗談でそう言ってみると、杏里は「む、無理だよ！」と、大きく左右に首を振った。

「そう？　杏里は最近すごく頑張ってるけど、そのくらいの勇気は出さなきゃ」

「そ、そんなの無理だよ」

杏里はしどろもどろになって返事をする。

だけどその表情はとても幸せそうで、今のあたしとは立場が違うことがわかった。

あたしのほうがずっと頑張っているのに。

あたしのほうが颯とずっと付き合っているのに。

杏里と自分を比べるとどうしてこんなに違うのかと、首を傾げてしまう。

あたしだって、杏里のように純粋で真っ白な時期があったはずだ。

「そんなんじゃ、付き合うのは無理だね」

あたしは杏里から視線をそらせてそう言った。

こんなことを言うつもりじゃなかったけれど、今の杏里があまりにも眩しくて思わず口をついて出てしまった。

「え……？」

杏里は驚いたように目を見開いてあたしを見た。

「冗談だよ。杏里は今のままで十分。かわいいし、幸せそうだし、よかったね」
　あたしは表面上だけの言葉でそう言い、ニコッとほほえんだのだった。

付き合いはじめる

颯が希彩ちゃんに付きっきりになり、最初の休日がやってきた。
あたしは動きやすい格好をして家を出る。
近くのバス停でバスに乗り、病院の近くで降りた。
希彩ちゃんが事故に遭った当日も、あたしはひとりでここに来た。
少し深呼吸をして、院内へと足を踏み入れる。
エレベーターホールへと向かうと、泣きながら歩いている家族とすれ違った。
誰かが亡くなったのかもしれない。
そう思い、エレベーターに乗り希彩ちゃんが入院している階まで登る。
今日は颯には何も連絡を入れてこなかった。
連絡を入れなくても、どうせここにいるということはわかっている。
あたしはまっすぐ706号室に向かった。
手にはちゃんとお見舞い用のフルーツを持っている。
二度ノックをすると、中から「はい……」と、元気のない声が返ってきてドアが開いた。
「お見舞いに来たよ」
あたしはできるだけ明るい顔をして、颯にそう言う。
颯は少し口角を上げてほほえむと、あたしを病室へと招き入れてくれた。

　ベッドの上にはいろいろ管を通された希彩ちゃんが、目を閉じて眠っている。

　家族の人は、今はいないみたいだ。

　あたしは丸イスに座り、颯にフルーツを渡した。

　颯は一気に痩せたように見える。

　学校で人気の颯とはまるで別人のようだ。

「ねぇ、ちゃんと食べてる？」

「あぁ……飲み物くらいしか入らなくて」

　そう言い、颯は左右に首を振った。

　予想以上に落ち込んでいる颯に、あたしは少しだけイラ立ちを覚えた。

　さっさと死んでくれれば、颯だって諦めがつくのに。

　そんなことを思う。

「オレンジとかなら食べられるんじゃない？」

　そう言い、あたしは立ち上がって持ってきたフルーツ籠からオレンジをひとつ取り出した。

　リンゴやメロンよりも、飲み込みやすいだろう。

　あたしは手早くオレンジの皮を剥き、食べやすいようにカットして颯に渡した。

「ありがとう」

　颯はあたしからオレンジを受け取り、それを口に運んだ。

　その様子にホッとするあたし。

　もともと痩せ形の颯は、これ以上痩せなくてもいい。

「ほら、ちゃんとヒゲも剃って」

普段から無精ヒゲを気にしない颯は、今はもう伸び放題になってしまっている。
「そんな気分じゃないんだ」
嫌そうに顔をしかめてそう言う颯。
「希彩ちゃんが目覚めたときに、颯だって気づかないかもしれないよ？」
あたしがそう言うと、颯は少し迷ってからカミソリを手に取った。
こんな場面でも希彩ちゃんの名前を出さなきゃいけないということに、腹が立つ。
でも、今は仕方がない。
希彩ちゃんがさっさと死んで、颯がそのショックから立ち直るまで、じっくり待つ必要がある。
自分が考えた計画だったけれど、希彩ちゃんが死ななかったという大失敗のお陰でずいぶんと時間がかかりそうだ。
颯が外の洗面所でヒゲを剃っている間、あたしはジッと希彩ちゃんを見ていた。
どうしてさっさと死んでくれないの？
ベッドの横に置かれている心拍数と血圧を表示する装置では、希彩ちゃんが生きていることを証明している。
「目ざわりなんだよ……」
そう呟き、あたしは希彩ちゃんの首に指を這わせる。
今なら誰もいない。
今なら、殺せる。
あたしは自分の指に軽く力を込めた……。

ドアが開く音がして、あたしはすぐに手を引っ込めた。
振り返ると、ヒゲを剃ってサッパリした顔の颯が立っている。
「やっぱり、ヒゲはないほうがカッコいいよ」
あたしがそう言うと、颯は少し頬を赤らめて笑った。
来たときよりも元気になった気がする。
やっぱり、病院で付きっきりになるだけでずいぶんと精神的に落ち込んでしまうんだろう。
「ありがとう、純白」
颯はそう言い、あたしの手を握りしめたのだった。
結局、希彩ちゃんを殺すことはできなかった。
だけど、あたしが献身的に颯に付き添うことで、確実に颯の心はあたしへと傾いてきている。
とりあえず、今はこれで満足しておくのがよさそうだ。

翌日、学校へ行くと、杏里が頬を赤らめてあたしに話しかけてきた。
「純白、聞いて聞いて！」
グイッとあたしの手を引っ張り、教室のうしろまで歩いていく杏里。
「どうしたの？」
そう聞くと、杏里は少しうるんだ目であたしを見上げてきた。
その表情はとてもかわいくて、女のあたしでもドキッとしてしまった。

「あのね純白……あたし、彼氏ができたの……」
　小さな声で恥ずかしそうにそういう杏里。
「えぇ!?」
　思わず大きな声になってしまうあたしに、杏里が慌てて「しー！」と、なだめる。
　杏里の顔はもう耳まで真っ赤だ。
「おめでとう、杏里。すごく頑張ってたもんね！」
「うん……」
　杏里はうれしそうにほほえむ。
　正直、杏里みたいな子に彼氏ができるなんて思っていなかった。
　かわいいけれど、純粋すぎて男が近寄りづらいイメージがあったからだ。
「で、どっちから告白したの？」
　そう聞くと、杏里はモジモジしながら「あたしから」と、答えた。
「すごいじゃん、杏里！」
　告白も杏里からだなんて、相当勇気を出したに違いない。
　あたしはそれがうれしくて、思わず杏里の小さな体を抱きしめていた。
「く、苦しいよ純白」
「あぁ、ごめんごめん。でも、すっごくうれしくて」
　あたしはそう言い、まだ腕の中にいる杏里を見下ろす。
「自分のことみたいに喜んでくれてありがとう、純白」
「だって親友だもん」

そう言うと、ふいに杏里は真剣な表情を浮かべてあたしから身を離した。
「あたしも、純白のこと親友だと思ってるよ」
「うん。わかってるよ？」
「だからね……純白にも、ちゃんと幸せになってほしい」
その言葉に、あたしは自分の顔から笑顔が消えていくのを感じていた。
「あたしが自分から告白できたのは、この前、純白がキツイ言葉で背中を押してくれたからだよ。だから、あたしも言わせてもらうけど……純白の相手は先輩だけじゃないと思う」
杏里は……いったい何を言っているの？
あたしはキョトンとした杏里を見つめる。
「純白はかわいいし、素敵だし、きっと他にも釣り合う人がいる」
「杏里……何が言いたいの？」
「あたし前から思っての。純白は気がついてないかもしれないけれど、純白ってすごく……」
杏里の言葉を途中で遮るように、頬を打つ音が教室に響いていた。
杏里が驚いたように目を見開き、自分の頬を押さえてあたしを見ている。
「え……」
一瞬、間をおいて、あたしは自分の右手が杏里の頬を打ったことに気がついた。

「杏里……ごめっ……」

　そう言うより早く、杏里はあたしの前から走っていってしまったのだった。

久しぶりの

　どうして杏里を叩いてしまったのか、冷静になってもまったく理解できなくて、あたしはトイレの個室で大きなため息を吐き出した。
　杏里の言っていることは正しい。
　いつでもそうだ。
　杏里はまっすぐで、真っ白で。
　小さくて弱々しいけれど、杏里の純粋さはすごく強くも感じられた。
　だから大好きだった。
　それなのに……。
　あたしは自分の右手を見つめた。
　まっすぐすぎて、痛かったんだ。
　杏里の視線が自分の胸に突き刺さる。
　そんな感じがしたんだ。
　親友だって、言ってくれたのに……。
　杏里はあたしのキツイ意見でも受け入れてくれた。
　それなのにあたしは杏里の言葉を遮って暴力をふるってしまうなんて、最低だ。
　そんなの、親友とは呼べない。
　それから１日、あたしは何度も杏里に謝ろうと思った。
　だけど、そのたびに言葉は喉の奥にひっかかり、何も言えないままに終わってしまったのだった。

学校から帰ると、あたしは自分の部屋に入りベッドに身を投げ出した。

体中がだるくて、疲れている感じがする。

だけどこれは体の疲れではなく、精神的な疲れなんだと自分でわかっていた。

希彩ちゃんと颯のことに加え、杏里とケンカみたいな状態になってしまったことで、すごく落ち込んでいる自分がいる。

あたしは動く気力もないまま、ベッドの中でスマホを確認した。

杏里からメールが来ていて、

【あたしは大丈夫だから気にしないでね！　少しでしゃばりすぎちゃって、本当にごめん！】

と、書かれていた。

あたしはその文面に、さらに心が重たくなるのを感じていた。

謝らなきゃいけないのは、あたしのほうなのに……。

すぐに返事しなきゃと思う反面、なんと返事をすればいいのかわからなくて、指が止まる。

あたしもちゃんと謝るべきだ。

そう頭では理解していても、それがしっかりと言葉にできない。

そんな状態のまま、数分が経過した。

そのときあたしは、ふと颯の顔を思い出した。

親友のことを相談できる相手は、やっぱり信用できる颯だった。

颯は今、家にいるんだろうか？

家にいるなら、返事くらいはしてくれるかもしれない。

もしも病院にいたらスマホの電源が落とされているだろうし、連絡する前に一度確認をしてみよう。

それだけの思いでアプリを起動させた。

久しぶりに起動させた監視カメラには、いつもと変わらない様子の颯の部屋が映し出された。

部屋は電気が消えていて、誰の姿もないみたいだ。

「今日も病院かな……」

そう呟いたとき、颯の部屋の電気がつき明るくなった。

帰ってきたのかな？

そう思い、画面を見つめる。

するとそこにマスクをつけた颯の姿が映し出されたのだ。

それを見た瞬間、嫌な予感が胸をよぎる。

颯が家でマスクをつけているときには必ず……。

そこまで考えたとき、颯のうしろから女の子が部屋に入ってきた。

やっぱり!!

あたしは画面に顔を近づけ、釘づけになる。

どうして？

希彩ちゃんがあんな状態なのに、どうして颯はまた女の子を連れ込むの!?

颯の異常な行動に気持ちは焦る。

この子はまた殺されてしまうんだろうか？

緊張しながら画面を見つめていると、いつものように女の子がベッドに座った。
その少女の顔が映し出された瞬間、あたしは一瞬、呼吸をすることを忘れてしまった。
「え……」
あたしは、あ然として画面を見つめる。
いつもは希彩ちゃんにそっくりな女の子だった。
でも、違う。
今回は全然違う。
「な……んで……杏里が……？」
画面上に映し出されている女の子は、見間違うはずもなく、杏里だったのだ。
杏里は頬を赤く染め、緊張しているのが伝わってくる。
「なんで杏里がそこにいるの!?」
思わず声を上げる。
あたしはアプリを起動させたまま杏里に電話を入れた。
１コール。
２コール。
10回ほど鳴らしてみても杏里は電話を取らず、あたしは画面に視線をやった。
杏里は自分のカバンを気にしているものの、電話を取ろうとはしない。
相手がいる前で、電話を取るのは失礼だと思っているのかもしれない。
あたしは電話をするのを諦め、スマホを片手に急いで部屋を出た。

まだ制服から着替えもしていないけれど、そんなこと気にしている暇はない。

あの様子だと、颯は杏里を殺すつもりだ。

あたしは必死で走り、颯の家へと向かったのだった。

殺害

颯の家についたのは、それから15分ほど経過したときだった。

息を切らしながらアプリを確認すると、杏里はまだ生きている。

その様子にホッとして、颯の家を見上げた。

しかし、家の様子がおかしいことにすぐに気がついた。

颯の部屋の電気がついていないのだ。

それだけじゃない、家に誰かがいる気配がまったくないのだ。

あたしは混乱しながらも、チャイムを鳴らした。

しかし、誰も出てこない。

耳を澄ましてみても、なんの物音も聞こえてこない。

「なんで……!?」

あたしは焦り、画面を確認した。

さっきまで起きていた杏里が、今はベッドに横たわって目を閉じている。

一瞬、死んでしまったのかと思い、背中に虫唾(むしず)が走った。

でも、違う。

よく見れば杏里の胸は上下していて、呼吸をしているのがわかった。

だけど、もしかすると何か飲まされて眠らされてしまったのかもしれない。

緊張していた杏里がこんな短時間で眠ってしまうなんて、おかしい。

あたしはもう一度、家のチャイムを鳴らした。

そのときだった……。

「純白？」

聞き慣れた声が聞こえてきて、あたしは振り向いた。

「颯……なんで……？」

両手にナイロン袋を提げた颯が、そこにいたのだ。

「洗濯をしに帰ってきたんだ」

そう言い、颯がナイロン袋の中の衣類を見せてくる。

「そうじゃない！　なんで颯がここにいるの!?」

叫ぶようにそう聞くあたしに、颯は首を傾げてあたしを見る。

画面上にはマスクをつけた颯が映っている。

颯の部屋も映っている。

ここに颯がいるはずがないのに……！

そう思った瞬間、あたしは監視カメラの映像を見て違和感を覚えたときのことを思い出していた。

颯が、いつもと違う部屋着を着ていたときのことだ。

もう何週間も前のことだし、気のせいだと思ってすっかり忘れていたこと。

あたしは画面をもう一度確認した。

颯の部屋にあるベッドの向こう側。

レースのカーテンからうっすらと見えている景色。

あたしは颯の部屋を見上げて、それを確認した。

颯の部屋から見えるのは、道を挟んで隣の家の屋根だ。
でも……画面上に見える景色は違った。
見たこともない森が映っているのだ。
「嘘……でしょ……」
あたしは体中に汗が噴き出すのを感じていた。
体が震えて、思うように動かない。
監視カメラの映像は颯の部屋じゃない。
何週間も前から、別の部屋の映像を映していたんだ！
どんどん自分の呼吸が乱れていくのを感じる。
カメラの向こうで少女たちを次々と殺していたのは、颯じゃなかった。
あんなに前から、監視カメラの映像は別のものを映し出していたの？
画面上の颯はマスクをつけていて、顔はハッキリとはわからない。
背丈が似ていて、髪型を似せれば本人だと思い込んでしまう。
考えられることとすれば、この人物は颯の部屋から監視カメラを移動させ、そして颯の部屋とそっくりな部屋を作り、犯行に及んでいたのだ。
だけど、どうしてそんなことを……？
一見すれば颯に罪を着せるためだと思えるけれど、それは違う。
罪を着せるだけならこんなにまわりくどいことをしなくてもいいし、監視カメラに気がついていないとできない芸当だ。

犯人の目的は、もっと別のところにあるとしか思えない。

「純白、どうした？」

頭の中が混乱と恐怖でいっぱいになっていると、颯がそう声をかけてきた。

「颯、部屋に入れて」

「いいけど、どうした？」

「早くして！」

説明なんてしている暇はない。

あたしの怒鳴り声に颯は目を見開き、そして玄関を開けたのだった。

あたしは颯の体を押しのけ、階段を駆け上がる。

勢いよくドアを開け……ガランとした薄暗い部屋に一瞬目の前は真っ白になる。

やっぱり、ここに杏里はいなかった。

泣き出してしまいそうになるのを我慢し、置いてあるクマのぬいぐるみを手に取った。

頭についているマジックテープを外し、中を確認する。

カメラは入っているものの、電源は切られていた。

何が目的でこんなことを……。

「うぅぅぅ……!!」

あたしはその場で地団太を踏み、唸り声を上げた。

行き場のない焦りと怒りが込み上げてくる。

あの映像は、いつからか颯の部屋のものじゃなくなっていた!!

あたしはそのままクローゼットへ歩み寄り、大きく開いた。

中には透明な衣装ケースやストーブが入れられていて、人間が入れるスペースはどこにもない。

それらを現実として突きつけられ、あたしはその場にうずくまった。

ひどい吐き気とメマイがする。

グルグルとどす黒い世界がまわって見える。

あたしは荒い呼吸になりながらスマホの画面を確認した。

マスクをつけた男が杏里の体に馬乗りになり、その手にはナイフが握られている。

杏里が……杏里が!!

大切な親友の胸に、ナイフが深々と突き立てられるのを見た。

引き抜き、また突き立てる。

何度も何度も繰り返し、親友の体は真っ赤に染まっていく。

なんで?

なんでなんでなんでなんで?

なんでこんなことになった?

行方不明

あたしは放心状態になり、スマホを手から落としてしまった。
その音でハッと我に返る。
アプリは閉じられていて、画面は真っ暗だ。
「純白、俺の部屋に忘れ物でもしたのか？」
颯がそう声をかけてくる。
洗濯機のスイッチを押してきたのだろう。
１階から低い機械音が聞こえてくる。
「別に……」
あたしはそう答え、ヨロヨロと立ち上がる。
「おい、本当にどうしたんだよ」
颯があたしの手を握り、心配そうに声をかけてくる。
今、ついさっき杏里が殺された。
それを説明するなんてできるわけがない。
あたしは颯の体を押しのけて廊下へ出た。
まだ吐き気がする。
全部出してしまいたい。
そう思い、ふらつきながらも足はトイレへと向かう。
便器に顔を突っ込んだあたしは、思いっきり嘔吐した。
胃の中のものがすべてぶちまけられる。
「純白!!」
颯があたしの背中をさする。

あたしは涙で視界が滲んでいくのを感じていた。

それが嘔吐から来る涙なのか、それとも杏里に対しての涙なのか、わからなかった。

それから、あたしは颯に家まで送ってもらうことになった。

とてもひとりで歩いて帰れる状態ではなかったため、颯に支えられるようにして歩く。

外の空気を吸うと少しだけ気分は落ちついたけれど、杏里が真っ赤に染まっていく映像が何度も頭の中で再生されて、そのたびに道端に嘔吐した。

「純白、本当に大丈夫か？　病院に行くか？」

あたしの背中をさすりながら颯は聞いてくる。

「……大丈夫」

あたしは無理をしてそう答えた。

本当は大丈夫じゃない。

大丈夫なわけがない。

ジワリと目の前が涙で滲むのが見えた。

杏里が言っていたとおり、これがすべて『演技』なら。

これがすべて『嘘』だったら。

ボロボロと涙があふれ出して、ついには歩くことすらできなくなってその場に座り込んでしまった。

犯人は颯じゃなかった。

だからいちばん最初に殺人現場を見たとき、ちゃんと警察に通報していればよかったんだ……!!

「杏里はいつも正しいよ。あたしが杏里の言うことを聞いておかなかったから……!!」
だから、こんなことになったんだ!!

翌日。
学校へ行くと杏里の話題で持ちきりになっていた。
クラスメートから聞いた話では、杏里は昨日の夕方から行方不明になり、今もまだ家に戻っていないということだった。
杏里は家出をするような子でもないし、学校生活で異常もなかった。
そのためいろいろな憶測が飛び交っているようだった。
中には大人しかった杏里を中傷するような噂話まで出まわっているようで、あたしはまた吐き気を覚え、トイレに駆け込んだ。
トイレでひとしきり吐いたあと、あたしはフラフラと自分の席に座り、そのまま顔を伏せた。
誰とも会話をしたくない。
そんな思いで殻にこもる。
周囲のクラスメートたちも、杏里といちばん仲がよかったあたしに配慮して、話しかけてくる子はいなかった。
でも……。
「野原、少しいいか?」
担任教師に声をかけられ、あたしは仕方なく顔を上げた。
「はい……」

「今、特別室に警察の人が来てるんだ。江原について、少し聞きたいことがあるそうだ」

配慮して小声でそう言ってくる先生に、あたしは顔をしかめた。

警察にあたしが見たすべてのことなんて、言えるわけがない。

それでも行かないわけにもいかず、あたしは重たい体を引きずるようにして歩き出したのだった。

あたしは先生に促され、特別室のソファに座った。

警察を目の前にしても、あたしは大して動揺しなかった。

杏里が目の前で殺され心がポッカリと開いていて、喜怒哀楽が抜け落ちてしまった感じだ。

警察に聞かれたことに淡々と答えながら、あたしは颯の部屋にあったクマのぬいぐるみを思い出していた。

あれは誰かがすり替えたものだった。

颯の部屋にクマの監視カメラがあると知っている人物じゃないと、できないことだ。

だとすれば……。

犯人は颯のすぐそばにいる。

思考回路が完全にそっちへ向かったとき、警察から解放されたあたしはすぐ教室へ戻り、カバンを持って学校を出たのだった。

最終章

颯の知り合い

誰にも何も言わずに早退してきたあたしは、そのままバスに乗って病院まで来ていた。

颯は昨日、家に戻ってきていたから、今日はきっと病院にいる。

そう思ったのだ。

『早退しない』というお母さんとの約束なんて、今はどうでもよかった。

あたしは706号室の前で立ち止まり、呼吸を整えた。

バスを降りてからここまで走ってきたから、汗で前髪が張りついている。

ハンカチで汗を拭き、ドアをノックする。

すると、すぐに颯が出てきた。

「純白、今日学校は？」

驚いた顔で颯がそう聞いてくるので、あたしは「早退した」と、答えた。

昨日のこともあるので、颯はそれ以上、何も聞いてこなかった。

あたしはチラリと希彩ちゃんを見た。

まだ目は覚めていないようだ。

「ねぇ颯、少し話がしたいんだけど」

深刻な表情であたしがそう言うと、颯も真剣な表情を浮かべた。

杏里が行方不明になっていることも、もう颯に伝わっているのかもしれない。

「ん？　あぁ、わかった。場所を移動しようか」

そう言い、あたしたちは２階にある小さな院内喫茶店に向かったのだった。

喫茶店には数人のお客さんしかいなくて、あたしたちはいちばん奥のテーブルに座った。

「昨日といい今日といい、いったい何があったんだ？」

注文したアイスティーが運ばれてきてから、颯がそう聞いてきた。

「大したことじゃないの」

そう返事をするが、自分の手がかすかに震えていることに気がついた。

アプリは自動録画機能がついているから、昨日のあの映像はまだ残っているだろう。

だけど、それを確認する勇気はあたしにはなかった。

殺された杏里が、そのあとどうなったのか……考えるだけでも発狂してしまいそうになる。

「颯、最近仲良くなって家に入れた人っている？」

あたしの質問に颯はキョトンとした表情になる。

「最近仲良くなった人……？」

そう呟き、眉を寄せて考え込む。

しばらく悩むような顔をしていた颯が、「あ」と、思い出したように顔を上げた。

「そういえば、叶は家に入れたよ」
「え……」
　叶さん？
　あたしの脳裏に、一瞬にしてお兄ちゃんの友人である叶さんの顔が浮かんできた。
　そういえば、颯とデートしたときに偶然お兄ちゃんと叶さんに会って、知り合いだって言っていたっけ。
　それに、監視カメラを買ってくれたのは叶さん本人だ。
　あたしは叶さんの背丈を思い出していた。
　颯とそんなに変わらないかもしれない。
　大きなマスクをつけて顔を隠せば、十分にごまかせる。
「なんで、叶さんを家に入れたの？」
　颯と叶さんがそこまで仲がいいとは思えない。
「あぁ。うちのパソコンの調子が悪くて、一度見てもらったんだよ。修理に出すと結構お金がかかるから」
　颯はそう言い、アイスティーを飲んだ。
　そうだったんだ……。
　きっとそのときに叶さんは監視カメラを取り替えたんだ。
　あたしはカリッと爪を噛んだ。
　でも、なんのために？
　それがまったくわからないし、あたしが颯の部屋に監視カメラを仕掛けたことがどうして叶さんにバレたのか？
　颯の部屋とそっくりな部屋を作り、その映像をあたしに見せた理由は？
　何もかも、謎のままだ。

本人に会って聞いても話してくれるとは思えないし、何より危険だ。

「純白、それがどうかしたのか？」

「……ううん、なんでもない」

あたしは首を振り、立ち上がった。

「もう帰るのか？」

「うん。今日は颯に話を聞きたかっただけだから」

あたしはそう言って立ち上がる。

「何が起こっているのか知らないけれど、無茶なことはするなよ？」

「……うん。ありがとう颯」

あたしはそう返事をして、喫茶店を出たのだった。

共通点

あたしは、叶さんが監視カメラを移動させた人物かもしれないという推測を頭の片隅に残したまま、再びバスに揺られていた。
このまま帰るのではない。
次の目的地は市民図書館だ。
今までは颯が殺人犯だと思っていたから、事件のことを深く知るつもりはなかった。
でも、他に犯人がいるとなれば話は別だ。
今まで殺された子たちの共通点を探し出し、カメラのある場所をある程度特定するつもりだった。
みんなあの部屋で殺されているのだから、彼女らの行動範囲からそう離れていない部屋のはずだった。
大きな図書館の前で降りたあたしは、スマホで時間を確認した。
いつの間にか時間は過ぎていて、もう放課後になっているころだ。
これなら制服姿のまま入っても怪しまれないだろう。
そう思い、あたしは堂々と図書館へと足を踏み入れた。
図書館の中に入ると同時に、静かな空気に包まれた。
今の時間帯は利用者が少ないのか、話し声はあまり聞こえてこない。
そんな空間の中、あたしはまっすぐに歩き、新聞が置いてあるコーナーの前で立ち止まった。

テレビのニュースや新聞はほとんど見ないけれど、女の子たちが何人も行方不明になっているのだから、当然地元でも話題になっているだろう。

そう思い、いちばん手前に置かれていた地元新聞を手に取り、テーブルに広げた。

表のほうから何枚かめくっていくと、地元欄が現れてあたしはそこで手を止めた。

そのページには地元のイベントや火事などの出来事が載っていて、そのいちばん下の記事にあたしは見覚えのある顔を見つけた。

希彩ちゃんにそっくりな女の子たち、３人だ。

あたしはハッと息をのみ、その記事を隅から隅まで読む。

ひとり目の行方不明者は、市内に住んでいる15歳の女の子。

徳田聖（とくだまりあ）。

ふたり目の行方不明者も、市内に住んでいる15歳の女の子。

笹畑望（ささばたけのぞむ）。

３人目の行方不明者は、隣街に住んでいる15歳の女の子。

木崎苺（きざきいちご）。

そして最後に、昨日市内の16歳少女がまたひとり行方不明になっている。

と、書かれていた。

名前は出ていないけれど、これはきっと杏里のことだ。

「みんな近い距離に住んでる子ばっかりだ……」

あたしは呟く。

そしてみんな見た目が希彩ちゃんに似ている。

もしかして、叶さんは希彩ちゃんのことが好きだったんだろうか？

だから希彩ちゃんに似た子ばかりを選んで殺した？

でも、颯と叶さんが知り合いになってからそう時間は経過していない。

その中で希彩ちゃんを好きになり、カメラを移動させ、女の子を物色して殺すというのは、あまりにも無茶だった。

それに、その映像をあたしに見せるというのが、まったく理解できなかった。

あたしは新聞の記事を破り、カバンに詰め込んだ。

被害に遭った子たちのことをどうにかして調べてみよう。

そう思い、図書館をあとにしたのだった。

またバスに揺られて家の近くで降りると、もう日が暮れはじめていた。

あちこち動きまわったせいで少し疲れている。

ずっしりと重たく感じるカバンを肩から下げて、玄関を開ける。

できればこのまま少し眠りたかったけれど、杏里を探し出すためには休んでいる暇などなかった。

あたしはすぐにリビングへ向かい、デスクトップパソコンの電源を入れた。

今はまだ誰も家にいないから、事件について調べるなら今のうちだった。

もし叶さんが犯人なら、あたしが事件のことを嗅ぎまわっているということはバレないほうがいい。

とくに、お兄ちゃんには。

パソコンが立ち上がるのをイライラとして気分で待ち、すぐにネットにつなげた。

被害者たちの名前を入力して検索をかける。

地元のニュースを多く取り扱っている、裏サイトを見つけてすぐにアクセスした。

こういうサイトは個人情報を無視していることが多いが、その分、情報も多く仕入れることができる。

被害者たちと面識のある人たちの書き込みが多いのだ。

思ったとおり、連続で行方不明になっている少女たちのことは話題に取り上げられていた。

ひとり目の被害者は私立に通う高校１年生。

帰宅部で大人しい性格。

成績は優秀でごくごく平凡な女の子だったようだ。

ふたり目の被害者は公立高校に通う１年生。

バレーボール部に所属し、１年にしてはなかなかの腕前だったようだ。

先輩たちからもかわいがられ、すでに試合出場の経験もあるらしい。

３人目の被害者も公立高校に通う１年生。

吹奏楽部に入部していて、ティンパニーを担当していたらしい。

成績は平均的で、明るくて元気な子だったようだ。

そして……杏里。

新聞ではまだ杏里の名前は出ていなかったけれど、サイト上ではすでにその名前が出ていて、あたしは軽く爪を噛んだ。

杏里がこんな場所で曝し物になっていると思うと、胸を突き刺されているような気持ちになる。

だけど、ちゃんと読まなくちゃ共通点がわからない。

あたしは、どうにかサイトの文章を目で追っていた。

被害者たちはみんな行方不明になるような性格でもなかったことから、事件の可能性が高いと書かれている。

【みんな顔がそっくりだな】

【４人目の行方不明者だけちょっと違うけどな】

【じゃぁ、最初の３人は事件で、最後のひとりは自分から失踪？】

やっぱり、みんなそこが気になるようだ。

杏里がこの中に入っていることには違和感がある。

とにかく、他の３人には顔や年齢に共通点がある。

あたしは、サイトに書かれている３人の住所をメモした。

これが本物かどうかはわからないけれど、実際に行ってみるつもりだった。

この子たちの生活範囲内に、現場となった部屋がきっとある。

気絶

さっそく調べてみようと玄関を開けると、目の前にお兄ちゃんがいた。
「純白、出かけるのか？」
「お兄ちゃん……」
そう言ったと同時に、お兄ちゃんのうしろからついてきた叶さんと目が合った。
一瞬にして凍りつく。
「純白ちゃん、こんにちは」
叶さんがニッコリとほほえむが、あたしは返事ができずに立ちつくす。
叶さんが殺人犯だと思っているあたしは、まっすぐに叶さんを見ることもできなかった。
「なんだ？　出かけないのか？」
お兄ちゃんに声をかけられ、あたしは勢いで玄関に戻った。
ここで怪しまれちゃダメだ。
できるだけ自然に行動しなきゃ。
そう思えば思うほど汗は噴き出し、歩き方までぎこちなくなる。
思わず家の中へと戻ってしまったことを、すぐに後悔した。
あたしはお兄ちゃんにも叶さんにも声をかけず、逃げるようにキッチンへと向かった。
　ふたりの足音が階段を上っていくのを聞く。
　心臓はドクドクと早くなり、喉がカラカラに乾くのを感じた。
　あたしはコップに水を注ぎ、ひとくち飲んだ。
　殺人犯が、今この家にいる。

　制服姿のままリビングにずっといることもできず、あたしはゆっくりと階段を上がりはじめた。
　お兄ちゃんの部屋からはふたりの話し声が少しだけ漏れて聞こえてくる。
　どんな話をしているのか気になるけれど、立ち止まって聞き耳を立てるほどの勇気はなかった。
　あたしはすぐ自分の部屋に入り、ドアを閉めた。
　カバンを置いて、ホッと息を吐き出す。
　お兄ちゃんは、きっと叶さんの正体を知らないのだろう。
　知っていたり勘づいたりしていれば、家に呼ぶことはないはずだ。
　あたしは手早く着替えをして、スマホを開いた。
　アプリを起動すると、そこには誰もいない部屋が現れる。
　今ここに叶さんが来ているから、部屋には誰もいないんだ。
　ジッと画面を見ていても、主が帰ってくるような気配は見られなくてあたしはアプリを閉じた。
　自分の家に４人の女の子を殺した犯人がいる。

そう思うと息苦しくなって、あたしはスマホと財布を掴んで部屋を出た。

お兄ちゃんには声をかけず、そのまま玄関へと向かう。

どこへ行くというあてもないまま、足早に家を出た。

バタンと玄関が閉まる音をうしろに聞くと、ようやく少しホッとした。

お兄ちゃんは……大丈夫だよね？

ふと家を振り向き、不安にかられる。

叶さんがターゲットにしているのは若い女の子ばかりだ。

お兄ちゃんが殺される……ということはないと思うけれど……。

それでも、あの映像を思い出すと叶さんがお兄ちゃんを殺すシーンを安易に想像できてしまった。

一瞬、家に戻ろうかと戸惑う。

しかし、あたしは足を無理矢理前へと押し出し、家から離れたのだった。

行き場を探したあたしは、コンビニに立ち寄っていた。

叶さんが帰るまでの間ここで時間をつぶそう。

そう思い雑誌を１冊買い、小さな休憩スペースに座った。

本当は家のネットで被害者たちの共通点をさらに調べようと思っていたのだけれど、仕方がない。

スマホで調べることもできるけれど、電池容量が少なくなっているので断念してしまった。

あたしはファッション雑誌を広げ、ぼんやりと見つめる。

興味のある記事を見ていても、思考回路は自然と監視カメラへと向かっていく。

ペラペラとページをめくっていっても、内容はまったく頭に入ってこない。

あたしは窓の外に見える景色に視線を移した。

外は暗くなりはじめていて、時間を確認するとあれから1時間ほど経過していた。

そろそろ帰ったかな……？

そう思い、立ち上がる。

真っ暗になる前に帰りたい。

そう思い、店を出て歩きはじめる。

コンビニから家までは5分程度で、大きな道路をまっすぐに歩いていけばいい。

今は車の通りも多いし、叶さんとすれ違ったりしても何も怯えることはない。

自分にそう言い聞かせ、歩いていく。

まだ薄明りがさしている中、街灯に明かりがつきはじめた。

オレンジ色の街灯に照らされながら、目の前の自宅へと足を急がせる。

そのときだった。

後方から誰かが近づいてくる足音がした。

思わず立ち止まり、振り返る。

足音の主は想像以上にあたしに接近していたようで、振り向くと男性の胸板があった。

とっさに体を反転させて逃げようとする。

が、遅かった。

男はあたしの前に立ちはだかり、あたしの腹部を殴りつけてきたのだ。

痛みに呻き、視界が歪む。

男はそんなあたしを引きずるようにして車に押し込め、車が発車すると同時に、あたしの意識は遠のいていったのだった。

部屋

　目が覚めたとき、あたしは腹部の痛みで顔をしかめた。
「痛っ……」
　呟き、身をよじる。
　少しの間その痛みに耐えていたが、徐々に周囲の様子が気になりはじめた。
　ここは……颯の部屋？
　見覚えのある家具に、あたしが寝かされているのは颯のベッドだ。
　ハッとしてデスクのほうに視線を向けると、あたしが置いたクマのぬいぐるみもちゃんとある。
　でも……颯があたしを拉致する理由がない。
　だとすればこの部屋は……。
　あたしは弾かれたように上半身を起こし、窓の外を見た。
　そこには見覚えのない森が広がっている。
　途端にゾワリと身の毛がよだった。
　体温が急激に低下していき、手足の先端がピリピリとしびれる感覚がする。
　間違いない。
　ここは犯人の部屋だ。
　そう思うと同時に、あたしの視線はクローゼットへと向けられていた。
　あの中に、杏里がいるかもしれない。

そう思うと、恐怖よりも助けたいという気持ちのほうが先に立った。

あたしはベッドから下りて、クローゼットの前で立ち止まる。

心臓は破裂してしまいそうなほど速く打っている。

できればこのまま部屋を飛び出し、逃げ出してしまいたい。

いや、そうするのがいちばん賢明だと思う。

だけど、ここに杏里がいるかもしれないと思うと、放っておくことなんてできなかった。

あたしの、大切な親友……。

あたしはクローゼットに手をかけ、ギュッと目を閉じた。

あぁ……神様……どうか助けてください。

人間、こんな状況になると信じてもいない神様を頼ってしまうものなんだと、あたしは少しだけおかしくなった。

そして、手に力を込めてクローゼットを開いた……。

パッと目を開けると、クローゼットの中にはただ暗闇が存在しているだけだった。

中には何も入れられておらず、板にどす黒いシミが広がっているだけだった。

あたしはそのシミを見た瞬間、４人の死に顔を思い出してしまい、すぐに扉を閉めた。

深く呼吸を繰り返し、ベッドに座る。

クローゼットに何もないということは、この部屋は普段は使われていないということだ。

誰かが……おそらくは、叶さんが、女の子を殺すためだけに使っていた部屋だ。
その異常な思考回路に、吐き気を覚える。
座っているのも辛い状態だけど、４人が殺されたこのベッドに寝転がることなんて、もうできなかった。
あたしはヨロヨロと立ち上がり、ドアへと向かう。
早く、この部屋から出なくちゃ……。
その思いでドアノブに手を伸ばしたとき……ドアノブが、ゆっくりと動いたのだ。
あたしはその動きに目を奪われ、その場から動くこともできなくなっていた。
カチャッ……。
小さな音が部屋に響き、ドアが開く。
そして、マスクをつけた男が部屋に入ってきた。
「っ……！」
あたしはそのまま数歩後退し、そのまま尻餅をついてしまった。
恐怖で喉は張りつき、思うように体も動かない。
次は……あたしが殺される番なの？
男はじりじりとあたしとの距離を詰めてくる。
あたしは四つん這いの状態で壁際まで移動した。
そのときポケットからスマホが落ち、いつの間にか起動されていた監視カメラのアプリが今のあたしを映し出した。
あたしの顔は恐怖で歪み、真っ青だ。
ハッと視線を上げると、男がすでに目の前に迫ってきていた。

「あ……あぁ……っ」
あたしは自分の死を悟った。
その瞬間。
懐かしい香りが漂ってきて、あたしは一瞬目を見開いた。
香水などではない、その人独特の体臭だ。
「か……叶さんでしょう……?」
震える声でそう聞く。
すると、男はピタリと動きを止めた。
やっぱり、この人は叶さんだ!!
「ど、どうしてこんなことをするの!?」
思いきってそう聞いてみる。
叶さんは答えず、あたしに手を伸ばす。
しかし、その手が小刻みに震えていることをあたしは見逃さなかった。
「怖いなら、やめて!!」
そう言うが、叶さんはその手であたしの口をふさいだ。
強い力に驚き、目を丸くするあたし。
そのまま馬乗りになられ、準備していたガムテープで口をふさがれ、両手両足をロープで固定されてしまった。
男の人が本気を出せば、あたしなんてこんなにも簡単に捕まってしまうんだ。
そう思うと、すごくショックだった。
でも……このとき、あたしはひとつの疑問が浮かんできていた。
叶さんはあたしを気絶させてここまで連れてきた。

それなのに、どうして手足を拘束していなかったんだろう？

わざわざ目が覚めてから拘束するなんて、手間がかかるだけだ。

冷静にそう考えながら、あたしはジッと叶さんを見つめる。

叶さんには殺す以外の別の目的があるんじゃないか。

そんな気がしている。

そのときだった。

叶さんがマスクに手をかけたのだ。

その動作にあたしは目を見開く。

「できれば、恐怖で怯えているだけにしてほしかった」

男の声に、あたしは、あ然とした。

その声。

十分に聞き覚えがある。

それにさっき感じたあの香りは……。

男がマスクを完全に外し、あたしの心臓は飛び跳ねた。

そこに立っていたのは叶さんではなく……お兄ちゃん、だったから……。

犯人

マスクを外したお兄ちゃんは、あたしの隣に座った。
その目は優しくて、いつもと何も変わらないように見ええる。
でも、お兄ちゃんがこの部屋にいたということは……あの子たちを殺したのはお兄ちゃんということだよね？
頭は混乱し、なかなか整理がつかない。
「混乱してる。そんな感じだな」
お兄ちゃんはそう言い、あたしの頭を撫でた。
それは昔、小さなころあたしを撫でてくれた手と同じだった。
何も変わらない、その優しさがあるんだと感じる。
「すべて正直に話そう」
お兄ちゃんは小さく息を吐き出し、そう言ったのだった。
「お前に妹以上の感情が芽生えたのは、もう何年も前のことだ」
突然そう言われ、あたしはビックリしてお兄ちゃんを見た。
あたしに妹以上の感情を？
そんなことを言われても、ピンとこない。
お兄ちゃんとはここ数年まともに会話もしていないんだから、そんなことに気づくはずもない。
「俺はその気持ちを隠すために、あえて難しいコンピューターの勉強をはじめたんだ。家にいてもお前と顔を合わせないために」

　そう言い、お兄ちゃんは辛そうな顔をした。

　部屋に引きこもっていたのは、あたしから遠ざかるためだったようだ。

「でも……どうしても好きで。自分じゃもうコントロールもできなくて……。気がつけば、俺はお前の部屋を調べるようになってた」

　お兄ちゃんはそう言い、「ほんと、ごめんな」と、あたしに向けて言った。

「それからお前は颯と付き合いはじめて、すごく嫉妬して。だけど、お前が颯の妹に嫉妬していることも、俺は知っていた」

　あたしのことならなんでも知っている。

　そんな雰囲気だ。

　それなら、クローゼットの中に隠した隠し撮り写真なんかも、お兄ちゃんには全部バレていたんだ。

　そして、あたしの愛が少し行きすぎていることも、きっと理解していたはず。

　ほとんど会話もないお兄ちゃんにすべて知られていたとわかると、途端に体の力が抜け落ちていくようだった。

「お前が叶に頼んで監視カメラを買ったことも知っていたし、それをセットする相手の部屋も安易に想像がついた」

　だから、お兄ちゃんは颯の部屋にそっくりな部屋を作り、監視カメラを移動した……。

「だから、颯になりすまして妹そっくりな女を次々と殺し、弄ぶ。そんな異常な姿を見ればお前はあの男から離れていくと思っていた。絶望して、俺だけを頼りにしてくれるかもしれないって……」

　その言葉に、あたしは強く首を振った。

　そんな……そんなことで杏里まで殺してしまったの!?

「だけどお前はそうはならなかった。むしろ、今まで以上にあの男を気にするようになって、妹を殺そうとしてまで！　こうなったのは、すべて俺のせいだ。俺が、あの男のフリをしたばっかりに……。もう全部終わりにしなきゃいけない。そう思っていたときだった……。純白の友達が、俺に告白してきたんだ」

　お兄ちゃんの言葉に、心臓が止まるかと思った。

　あたしの友達が……お兄ちゃんに告白……？

　途端に、杏里が顔を赤らめながら付き合いはじめたと報告してきたときのことが蘇ってきていた。

　そうだったのか……。

　杏里が恋をした相手、それはあたしのお兄ちゃん。

　あたしは杏里が、好きな人が女の人と歩いているのを見たと言っていたときのことを思い出していた。

　そのとき、お兄ちゃんの隣にいた相手は、殺害された内の誰かだったのかもしれない。

　彼女のいないお兄ちゃんが女の子と一緒に歩いているなんて、そのくらいしか思い浮かばない。

　そのころから、すでにお兄ちゃんは犯罪に手を染めようとしていたのだ。

杏里のようにまっすぐな子が、安易に男性の部屋に入るとは思えなかった。

でも、それが自分の彼氏の部屋なら、きっと抵抗なく入っただろう。

あたしは胸がギュッと締めつけられる思いだった。

「俺は、その子のことを好きじゃなかった」

キッパリと言い切ったお兄ちゃんに、あたしは奥歯を噛みしめた。

辛そうな顔をしてあたしを見るお兄ちゃん。

あたしは胸の奥から怒りが湧いてくるのを感じていた。

自然と涙があふれ出し、大切な親友を奪われた悲しみが体中を支配する。

「殺すつもりなんてなかった。ただ、純白の友達だからそばに置いておけばいいこともあるかもしれないと思ったんだ。だから名字も名前も変えて、純白の兄だと気がつかれないように接していた。それなのに、あの子は純白から監視カメラの話を聞いていて、やっぱり警察に届けるべきだよね？　って、俺に相談してきたんだ」

杏里……。

あたしが杏里に相談したとき、杏里は演技を見せられているだけだと言ってくれていた。

でも、本当はずっと気にしてくれていたんだ。

そんなの……杏里が殺されてしまったのは、あたしのせいだ……。

「バレてしまう前に、殺す他なかった」

その言葉に、あたしはお兄ちゃんを睨みつけた。

だったらどうしてあたしを殺さなかったの？

なんの罪もない女の子たちを殺すくらいなら、あたしを殺してその気持ちを発散させれば、被害者はあたしひとりで済んだのに!!

そう言いたいけれど、口をふさがれていて声は出ない。

ただ悔しくて、悲しくて、涙は次から次へと流れ出ていたのだった。

「純白。お前は彼氏の存在を軽蔑し、忘れるべきだったんだ。それなのに、今日は図書館に行って事件について調べたりするから……！」

つい数時間前の出来事だ。

お兄ちゃんは、いったいどうやってあたしの行動を見張っていたのだろう。

知り合いを使っていたか、もしくはどこかに盗聴器をつけられていたのかもしれない。

そう思ったとき、自分のスマホが目に入った。

……そうか、スマホの位置情報だ!!

誰でも簡単に相手の居場所が特定できるサービス。

あれを使っていたのかもしれない。

それに、あたしはリビングのパソコンで事件について調べてしまった。

履歴はそのまま残っていたに違いない。

あたしの行動なんて、お兄ちゃんにはずっと筒抜け状態だったのかもしれない。

「ごめんよ、純白。やっぱり俺はお前のことが好きだ。壊したいくらいに……」
　お兄ちゃんはユラリと立ち上がり、その手にはナイフが握られていたのだった。

助け

目の前のあたしを見て呼吸は荒くなり、口の端からダラリとよだれを垂らしているお兄ちゃん。
今まで見たことのない狂気の満ちたその顔に、背筋がゾクゾクと寒くなる。
「純白……」
お兄ちゃんの手があたしの頬を撫でる。
その冷たさにビクンッと体が跳ねた。
ナイフを目の前にかざされ、その刃におびえて泣いている自分の顔が映っていた。
「あの世で一緒になろう。な？」
耳元でささやき、あたしの耳を舌で撫で上げる。
その気持ち悪さにあたしはジタバタともがいた。
しかしミノムシ状態では、お兄ちゃんから逃げることまではできない。
動いたことで、あたしの体は横倒しに倒れてしまっただけだった。
お兄ちゃんが馬乗りになり、あたしの首にナイフの刃を這わせる。
その目は何かに酔っているようにうつろで、恍惚（こうこつ）とした表情だ。
あたしは必死で刃から逃れようとするが、強く押し当てられてそこから離れることはない。

殺される……。
叫ぶことも逃げることもできなくて、あたしは強く目を閉じた……。
しかし、いつまで待っても首に痛みは訪れなかった。
——ガンッ！
という大きな音が聞こえハッと目を開けると、目の前に白目を剥いたお兄ちゃんがいた。
驚き、目を丸くしているあたしの前で、お兄ちゃんの体はグラリと倒れてしまったのだ。
そしてその向こうに見えたのは……大きな壺を持った叶さんだ。
叶さんは肩で呼吸を繰り返し、壺を置くと「大丈夫か？」と、駆け寄ってきた。
口のガムテープを外されると、あたしは大きく息を吸い込んだ。
どうして叶さんがここに？
そう聞きたいのに、声にならない。
安心感に包まれた瞬間、涙がボロボロと流れ出して止まらなくなっていた。
「早く、ここから出よう」
手足を解放されたあたしは、叶さんに支えられながらなんとか部屋を出た。
その瞬間「えっ……」と、あ然として周囲を見まわしてしまった。
部屋の外に広がっていた光景は、とてつもなく広い大豪邸だったのだから。

目が覚めたときには部屋の中にいたからわからなかった。

赤い絨毯が敷かれた廊下に、廊下のあちこちに置かれている装飾品。

「ここ……どこ……？」

早く逃げなきゃいけないのに、思わず足を止めてしまう。

助けてくれた叶さんがいてくれるという安心感もあった。

「ほら、早く」

あたしの声は聞こえていなかったようで、叶さんがあたしを急かす。

あたしがまた足を前へと出したとき、後方のドアが開く音が聞こえた。

ギィィ……と、ゆっくり。

恐怖で体がすくみ、また足が止まった。

叶さんはそんなあたしを見て軽く舌打ちをして、隣の部屋のドアを開いた。

そして、後方のドアが開ききる前にその部屋に身を滑らせて入り、ドアを閉めた。

逃げ込んだ部屋はさっきまでの部屋の何倍もありそうなほど大きく、あたしは目を見開いた。

こんな豪華な家、今まで見たこともない。

いったいここはどこで、どうしてお兄ちゃんはこの豪邸にあんな部屋を作ったのか。

それに……。

あたしは叶さんを見上げた。

どうして叶さんは、あたしがここにいるとわかったんだろう？

殺されてしまった女の子たちの謎は解けたけれど、新たな謎が降りかかってきている。

「ねぇ……叶さん」

廊下の足音が遠ざかるまで待っている叶さんに、声をかける。

「何？」

「あたし、叶さんが犯人だと思ってた」

あたしが言うと、叶さんは無言のままドアへ視線を向けた。

「だけど、違った。犯人はお兄ちゃんだった。でも、全然わからないことだらけなの」

その言葉に、叶さんは小さくため息を吐き出し、あたしを見た。

その目は、まるであたしを憐れんでいるような、そんな目だ。

あたしひとりだけ何も知らない。

そんな気がして、数歩あとずさりをした。

さっきは叶さんが助けてくれて安心したけれど、ここにいて本当に安全なのかが疑わしくなる。

あとずさりをするあたしを見て、叶さんが部屋の鍵をかけた。

「全部話してあげるよ。君の疑問を言ってごらん？」

叶さんはそう言い、ほほえんだのだった。

解決

「どうして……鍵を？」
　震える声でそう聞くと、叶さんはほほえんだまま小首を傾げた。
「家の者に聞かれたら嫌だろう？」
「家の者……？」
　その言い方は、まるでここは自分の家だと言っているようで、あたしは瞬きを繰り返した。
　それを見て、叶さんはフフッと声を出して笑った。
「きっと今、純白ちゃんが思っているとおりだよ。ここは、俺の家だ」
「叶さんの……家……？」
　どうして？
　そんな疑問が浮かんでくる。
　でも、ここが叶さんの家なら友達であるお兄ちゃんが出入りできることも納得できた。
　その代わり……。
　ここにお兄ちゃんが出入りしていて、あんな犯行を行っているということを叶さんが知っていた場合……ふたりは共犯者ということになる。
　あたしは知らない間にあとずさりをしていたみたいで、気がつけば窓辺に立っていた。
　窓の外には森が広がり、下を見るとかなりの高さがあることがわかった。

　ここは普通の２階建ての家より、ずいぶんと高い。

　一瞬飛び降りて逃げようかと考えたが、そうもいかない高さだ。

　あたしは窓から叶さんへと視線を戻した。

　叶さんは笑顔のまま、ジッとあたしを見ている。

　その視線には温かさと優しさがあり、戸惑う。

「もっと、他に聞きたいことがあるんじゃない？」

　そう聞かれ、あたしはゆっくりと頷いた。

　どうやら、叶さんはあたしを傷つけるつもりはないみたいだ。

「叶さんは、お兄ちゃんがここにいるって知っていたんですか？」

「あぁ、もちろん。部屋を貸したのは俺だからね」

　スラッとそんな返事をする叶さん。

　あたしは背筋に冷たい汗が流れていくのを感じていた。

「お兄ちゃんが……ここでやっていたことを知っているんですか？」

「知ってるよ？　いくら友達でも理由も知らないまま部屋を貸したりしないからね」

　叶さんはそう言い、おかしそうに笑う。

「女の子たちが……殺されたのに叶さんは何も思わなかったの!?」

　悲鳴に近い声を上げる。

　あれだけ残酷なことをしていると知りながら、どうして黙っていたのかわからない。
「何を言ってるんだ？　純白ちゃんだって映像を見ても黙ってたじゃないか」
あ……。
「それは……颯が犯人だと思ったから!!」
「それが理由として通ると思う？」
その言葉に、あたしはグッと言葉を詰まらせた。
叶さんはおかしそうに声を上げて笑う。
「それにね、ひとつ勘違いをしているんじゃないかな？」
「勘違い……？」
「あぁ。女の子は俺も殺した」
その言葉に、一瞬にして背筋が凍りつく。
叶さんも、女の子を殺した……？
頭の中は真っ白になり、何も考えられなくなる。
「純白ちゃんの推理はね、半分くらいは当たってたんだよ」
そう言い、叶さんはゆっくりと近づいてくる。
あたしは逃げ場がなくて、その場にズルズルとしゃがみ込んでしまった。
「この部屋を用意したのも俺。監視カメラを移動させたのも俺。それに、ふたり目の被害者、笹畑望を殺したのも、俺だ」
叶さんはそう言い、あたしに顔を近づけてくる。
「どう……して……？　あのとき……盗撮されそうになったとき、あたしのことを助けてくれたじゃない!!」
あのときから、あたしは叶さんのことを完全に信じきっていた。

　でも、今は恐怖で声が震えて涙が流れた。

「あぁ。盗撮のことか。そんなの虹色に頼まれたから助けたに決まってるだろ？　あのタイミングで偶然、俺が通りかかるなんて、できすぎた話だろ？」

　あたしは家を出たとき、お兄ちゃんに声をかけられたときのことを思い出していた。

　そうか。

　あれはお兄ちゃんが叶さんに頼んでいたんだ……。

「俺がそこまでする理由なんてひとつだろ？」

　目の前で叶さんがニヤリと笑う。

「俺は虹色ひとりを加害者にはしたくなかった。だから、一緒になって犯行に及んだんだ」

「え……？」

　あたしは小刻みに震えながら、どういうことかと考えを巡らせる。

　その瞬間、叶さんがあたしの前髪を鷲掴みにし、無理矢理顔を上に上げさせられた。

「まだ気がつかないのか、鈍感女め」

　そう言う叶さんの目は氷のように冷たく、全身がゾクゾクと震え上がるのを感じた。

「俺は虹色のことが好きなんだよ、わかるだろ？」

　その言葉に、あたしは目を見開いた。

　叶さんがお兄ちゃんを……!?

「それなのに、虹色はこんなバカな妹のことばっかりで、俺には目もくれない。俺はいつまでも虹色の友達以上にはなれない」

そう言いながら、髪を引っ張る手に力が込められる。

その痛みにうめき声を上げ、もがくあたし。

しかし、叶さんが力を緩めることはなかった。

「虹色がお前への気持ちが限界だと言ったとき、俺はこの計画を思いついたんだ。颯の部屋とそっくりな部屋を作り、希彩ちゃんにそっくりな子を連れ込んで殺してしまえ。その映像を見れば、きっと純白ちゃんは颯と別れる決意をする。そう言ってね」

今までわからなかったことが、どんどん明らかになっていく。

「それなのに、お前はどこまでもバカな女だな。希彩ちゃんを事故に遭わせたあげく殺し損ねるなんて、大笑いだ」

叶さんも、お兄ちゃんも、何もかも知っていたんだ。

あたしはひとり、もがいていただけ。

途端におかしくなって笑みがこぼれた。

耐えられなくて、声を上げて大笑いするあたし。

叶さんは驚いたように目を見開き、髪の毛を掴んでいた手を離した。

「俺は虹色が幸せになれるならそれでいいと思って手を貸していたんだ。それなのにお前は颯ばかりで虹色に見向きもしなかった」

「そんなの……仕方ないでしょう!?　あたしはもともとお兄ちゃんのことなんて大嫌いだった！　お兄ちゃんを頼る

なんて絶対にありえない!!」

そう怒鳴ると、突然叶さんがあたしの頬を殴りつけてきた。

あたしはその勢いで横倒しになり、鼻血が流れ出す。

「俺はついさっきお前を助けた。だけど今はそれを後悔してるよ」

叶さんはそう言うと、あたしを見下して睨みつけてきた。

「さっきあたしを助けたのだって、どうせあたしのためじゃないんでしょ」

「よくわかってるじゃないか。そのとおりだ。これ以上、虹色に手を汚させないためだ」

叶さんはそう言うと、高らかな笑い声を上げた。

あたしはここで何をされてもいい。

同じように殺されてもいい。

だけど、杏里だけは見つけたい……!!

あたしは鼻血をぬぐい、立ち上がった。

「杏里は……あたしの親友はどこ？」

そう聞くと、叶さんは驚いたように目を丸くしてあたしを見た。

「お前にまだ親友を心配する気持ちが残ってたんだな」

人をバカにしたような口調でそう言う。

「杏里はどこ!?」

あたしは大きな声で同じ質問を繰り返す。

叶さんはフンッと鼻で笑うと、無言で窓の下を指さした。

「え……？」

あたしはガラス越しに窓の下を覗き込んだ。
よく見ると、この部屋の真下辺りに焼却炉が置かれているのが見えた。
その瞬間、背筋がゾクリと震えた。
まさか……!!
「死体は全部処分した」
叶さんの言葉が冷たく胸に突き刺さる。
死体は全部処分した……。
杏里は……杏里の体はもう燃やされてしまった!?
「嘘だ……」
あたしは窓にへばりついて焼却炉を見下ろした。
煙は出ていないし、ここからでは何も見えない。
叶さんの言葉が本当だという証拠はどこにもない。
「嘘だって言ってよ!!」
あたしは振り返り、勢いよく叶さんの胸倉を掴んだ。
「諦めろよ」
叶さんは呆れたようにそう言った。
諦めろ？
そんなの無理に決まってる！
「杏里を……杏里を返して!!」
あたしは怒鳴り、叶さんへ向けて右手を振り上げる。
だけどその右手も簡単に捉えられてしまった。
あたしはグッと奥歯を噛みしめて叶さんを睨みつけた。
あたしはまだ杏里に謝っていない。
ケンカをしたまま杏里との関係を終わらせることなんて

できないんだ!!
気がつけば、頬に涙が流れていた。
悔しくて悲しくて、やり場のない怒りがとめどなくあふれ出す。
「へぇ、親友のために泣けるのか」
叶さんはあたしの涙を見ておかしそうに笑い声を上げた。
「颯のために人生をかけていた女にも、そういう芸当ができるんだな」
たしかに、あたしは颯のために人生を投げ打つことができる。
今だってそう思っている。
でも、杏里はたったひとりの親友だったのに……！
今さらそんなことを言っても、もう遅い。
あたしは杏里を救えなかったんだから……。
涙で全身から力が抜けていき、叶さんの胸倉を掴んでいた手がするりとほどけた。
叶さんは襟元を直し、あたしを見下ろした。
そのときだった。
聞き慣れない着信音が聞こえてきて叶さんがポケットからスマホを取り出した。
それを確認し、画面をあたしに見せてくる。
【たった今、希彩が目を覚ました！
何度もお見舞いに来てくれて本当にありがとう。
落ちついたら、また遊ぼうな！】
「これ……颯から……？」

画面を食いつくようにして見つめてそう聞く。

「あぁ。あいつとは仲良くしていたほうが、何かと便利だからな」

「希彩ちゃん……目が覚めたんだ……」

あたしは全身の力が抜けていくのを感じていた。

杏里を助けることもできず、希彩ちゃんも目を覚ました。

あたしの中のすべてが空っぽになっていくのがわかる。

「もう、お前は終わりだ」

叶さんが立ち上がり、あたしを見下ろしてそう言った。

何もかもが解決したとき、それはあたしの終わりだった。

「……殺すなら、殺してよ」

どうせもう、ここから出ても行き場所なんてどこにもない。

抵抗する気力も、逃げる気力もなくなって、あたしは座り込んだままそう言った。

「俺は、お前を殺しはしない」

「なんで!?」

ここから出るくらいなら、いっそ殺してくれたほうがマシだ。

家族も颯も友達も、何もかも失った世界になんて、戻りたくない！

そう思うのに、叶さんはあたしを置いて部屋のドアへと近づいていく。

「待って……！」

「そうだ、ひとついいことを教えてやるよ」

ドアから出る寸前、叶さんは振り返ってそう言った。

「お前さ、自分じゃ気がついてないだろうけど……希彩ちゃんにそっくりな顔してるよ。虹色は希彩ちゃんに似た女を探していたわけじゃない。お前に似た女を探していたんだ」

それだけ言うと、叶さんは部屋を出たのだった……。

鏡の前の

叶さんが部屋を出てから時間の感覚が失われていた。
何分？　何十分？　いや、何時間この部屋にいたのかわからない。
あたしは重たい体を持ち上げてドアに近づき、ノブをまわした。
しかし、ドアは開かない。
何度ノブをまわしても、押しても引いてもビクともしない。
閉じ込められた……。
あたしは部屋の中をぐるりと見まわした。
大きなベッドがふたつに、バス・トイレつきの大きな部屋。
飛び降りて逃げるには高さがあるのは、もう知っていた。
あたしは重たい体を引きずるようにして洗面所のドアを開いた。
目の前に大きな鏡があり、その鏡の中には目を真っ赤に充血させた希彩ちゃんが立っていた。
一瞬、本当にそこに希彩ちゃんがいるような錯覚を覚え、振り返る。
しかし、そこには誰もいない。
いるのはあたしだけだ。
あたしは鏡に近づき、その顔に触れた。
颯ばかりを見ていて、自分が希彩ちゃんに似ているだなんて考えたこともなかった。

「颯は、あたしが希彩ちゃんに似ているから付き合っていたんだね……」

そう呟くと、虚しさが込み上げてくる。

颯が見ているのは、もともと希彩ちゃんひとりだけだった。

あたしのことなんて、まったく見てくれていなかったんだ……!!

あたしは、こんなにも好きなのに！

そう思うと、衝動的に拳を振り上げていた。

「あぁぁぁぁ!!!!」

大きな悲鳴を上げ、その拳を鏡に振り下ろす。

ガシャン！

と、音が響いて割れた鏡がバラバラと床へ落ちていく。

鏡を殴りつけた拳には破片が突き刺さり、ドクドクと血が流れはじめる。

あたしはそのまま風呂場へと向かい、そこにあった全身鏡を殴りつけた。

何度も何度も、血まみれになった手で鏡を割る。

数えきれないくらいの破片が拳に突き刺さり、腕まで真っ赤に血に染まりながら、あたしは鏡が自分を映さなくなるまで、殴りつけたのだった……。

気がつけば、あたしは同じ部屋のベッドの上に寝かされていた。

目が覚めて周囲を見まわし、思い出すと同時に飛び起きた。

血まみれだった手にはキレイな包帯が巻かれ、血も落とされている。
　いったい、誰が……？
　そう思ったとき、トイレのドアが開いてハッと振り向いた。
　そこに立っていたのは……。
「お兄ちゃん……」
　鏡の破片が入った透明な袋を持った、お兄ちゃんが立っていたのだ。
　とっさに身を固くし、逃げられるように身構える。
　しかし、お兄ちゃんは優しくほほえんできたのだ。
　それは昔から知っている、大好きなお兄ちゃんの笑顔だった。
「やぁ、起きたか？」
「どうしてここにいるの？」
　警戒心を解かないまま、あたしはそう聞く。
「どうしてって、純白をここに置いたままじゃ帰れないだろ？」
　その言葉にあたしは戸惑いを浮かべた。
　……さっき見たお兄ちゃんとは、まるで別人みたいだったから。
「……あたしは、もう帰れないから」
　希彩ちゃんの意識は戻った。
　きっと、時間がたって落ちつけば事故のことを周囲に話しはじめるだろう。
　そうなれば、もうあたしはおしまいだ。
「そっか。なら、ずっとここにいればいい」

　お兄ちゃんが、ニコッと笑ってそう言った。
「何を言ってるの？」
「きっと、純白ならそう言うと思って準備もしておいたんだ」
　うれしそうにそう言うお兄ちゃんに、あたしはますますわけがわからなくなる。
「準備って、いったい何を……」
　言いかけて口を閉じる。
　一瞬、視界に入ったドアに違和感があったからだ。
　途端に嫌な予感が胸を渦巻きはじめる。
　ドクドクと心臓は速くなり、それに伴ってドアへと視線が移動していく。
　見ないほうがいい。
　そう思っているのに、どうしても見てしまう。
　そして……「なんで!?」と、思わず声を上げていた。
　気絶する前にはちゃんとドアノブがついていたのに、今はそのドアノブが破壊されていたのだ。
　これじゃぁ外に出られない!!
　あたしは慌ててベッドから抜け出し、ドアへと走った。
　しかし、ドアノブがないから体でドアを押すことくらいしかできない。
「開けて！　開けてよ!!」
　叫びながら、傷ついた手でドアを叩く。
　包帯には血が滲み、ドアに赤いシミを作った。
「無駄だよ」

　耳元から聞こえてきたお兄ちゃんの声に、ビクッとして動きを止めるあたし。
　お兄ちゃんの手が、ゆっくりとあたしの腰にまわされ強く抱きしめられた。
「この部屋は防音なんだ。外の誰にも声は聞こえない」
　ささやく声に、ゾクッと背筋は寒くなる。
「でも……このままなわけない。きっと叶さんが助けに来てくれる」
「来ないよ。あいつも、わかってくれたから」
　わかってくれた？
　わかってくれたっていったい何を!?
　あたしは勢いよく振り向き、お兄ちゃんを睨みつけた。
　それとほぼ同時に、真正面から抱きしめられる。
「俺とお前を祝福してくれるって。俺のことが好きだから、応援するって。それが俺からの誕生日プレゼントだからって言ってくれたんだよ」
　うれしそうにそう言うお兄ちゃん。
　全身の血が引いていくのがわかる。
　祝福？
　応援？
　頭の中はパニックだ。
「なぁ純白。ここには水はあっても食料はない。どうせ数カ月で死んでしまうだろう」
　お兄ちゃんは何を言っているの？
「それまでに、俺はお前に今までの愛情をぶつけたい……」

　あたしを抱きしめている手に力がこもる。
「俺に最高の誕生日プレゼントをくれないか、純白」
「い……いやぁぁぁぁ!!」
　あたしの叫び声は誰にも届くことなく、愛情という刃があたしを貫いたのだった……。

心からの気持ち【颯side】

妹の希彩が目覚めてから１週間が経過していた。

希彩はずいぶんと落ちついてきているけど、いまだに問題がひとつあった。

俺はいつもどおり706号室のドアを叩く。

中から「どうぞ」と、かわいらしい声がして、俺はドアを開けた。

白いベッドに横になっている希彩が、少し戸惑った顔で俺を見た。

「今日は果物を買ってきたぞ」

そう言い、希彩の大好きなリンゴを差し出す俺。

希彩はおずおずとそれを受け取り「……いつも、ありがとうございます」と、とても小さな声で言ったのだ。

その言葉に、俺は軽く息を吐き出す。

「まだ、何も思い出さないか？」

「……はい」

小さく頷く希彩。

そう、希彩は事故のショックで自分の名前さえ思い出せないほど、記憶障害を起こしていたのだ。

すべての記憶を、とくに事故前後の記憶を思い出すことはまず無理だろうと、担当医に言われている。

俺は気を取り直して希彩からリンゴを取ると、その皮を剥きはじめた。

最初はこういうことに慣れなかったけれど、今ではスルスルと気持ちいいくらいに剥けていく。

純白がこんな俺の姿を見たら笑いそうだなと思い、俺は自然とほほえんでいた。

「時々、とてもうれしそうに笑いますね」

希彩にそう言われ、俺は「え？」と聞き返した。

「ほら、さっきみたいに何かを思い出したように笑うときの顔が、いつもとてもうれしそうですよ？」

俺は自分の頬に手を当てた。

何かを思い出してほほえんでいるときの顔、か……。

それはきっと、俺が純白のことを思い出しているときの顔だ。

しかし、今それを希彩に言っても希彩は何もわからないだろう。

純白のことを何度話して聞かせても、全然思い出してくれないのだ。

「純白のことを思い出していたんだよ」

俺がそう言うと、希彩は「あたしが憧れていたっていう女性のことですね」と、言った。

「そうだよ、希彩は毎日純白の話をしていた。純白みたいな女性になりたいって言ってたんだぞ」

「そうなんですか……」

希彩はそれでも純白のことを思い出せないようで、視線を伏せてしまった。

純白を希彩に紹介したときから、希彩は純白に好意を寄せていた。

デートのときにくっついてくるのも、わざと純白から俺を引き離そうとするのも、希彩の感情の裏返しの行為だったんだ。

希彩は人を好きになると思い込みが激しくなり、思いもよらぬ行動を取るときがあった。

小学校のころは好きな男子生徒の飼っている猫を殺してしまったし、中学に入学してすぐのころには女の先輩の妹をナイフで突き刺した。

好きになった相手の周囲にいるものを傷つけることで、相手が自分を見てくれるようになると勘違いしているのだ。

そんな希彩の気持ちを落ちつかせるためには、俺が希彩をいちばんに考えて行動することが重要だった。

俺が希彩と一緒にいてその気持ちを制御させることで、何度も危ない場面を回避してきたのだ。

純白には寂しい思いをさせていたかもしれないが、純白と純白の周囲の人たちを傷つけることだけはさせたくなかったのだ。

記憶が失われている今の希彩は安定しているけれど、いつまた狂った愛情が生まれるかわからない。

本当に、目が離せない妹なのだ。

純白はそのことを知ってか知らずか、何も文句を言わずにほほえんでくれているとても優しい彼女だ。

「ほら、食えよ」

俺はため息を殺してリンゴを差し出した。

正直、希彩のせいで俺は自分の人生を失いかけていると思う。

純白はそのことに気がつき、俺のことを心配してくれている。

「ありがとうございます」

敬語でお礼を言い、リンゴを頬張る希彩。

リンゴを食べているときに笑顔になるのはいつもの希彩そのもので、俺はホッと胸を撫で下ろしたのだった。

一度、洗濯をするために病室から出ると、目の前に叶が立っていた。

「叶……」

「やぁ、今日はお見舞いに来たんだ」

そう言い、叶は籠に入ったフルーツを俺に差し出してきた。

「あぁ。ありがとう。俺はいったん帰ろうと思ったところなんだ」

手に持った紙袋を見せてそう言う。

中身は洗濯物だ。

院内にも洗濯機はあるけれど、気分転換に家まで洗濯しに帰っているのだ。

「そうか。一緒に行ってもいいか？」

叶の言葉に俺は首を傾げた。

「希彩に会いに来たんだろ？」

「あぁ。でも、もういい」

叶はわけのわからないことを言い、俺についてきた。
希彩と叶はもともと面識がないし、お見舞いと言いながら俺に用事があったのかもしれない。
「何か用事なんだろ？」
ふたりきりでエレベーターに乗り、そう聞く、
すると叶は突然「失恋って辛いよな」と、言ってきたのだ。
「失恋？」
俺は眉を寄せてそう聞き返した。
「あぁ。気持ちが届かないのは辛いよな」
叶は最近失恋でもしたのだろうか？
俺は返事をせずにエスカレーターの扉を見つめていた。
「きっと、俺とお前は通じ合える存在になると思うんだ」
エスカレーターの扉が開く寸前、叶がそんなことを言った。
「さっきから何言ってんだよ。俺は失恋なんてしてない」
「そうか？　でも、もし何かあったら俺に連絡してくれ。それに、俺のことは篤夢って呼んでくれよ」
叶はそう言うと、俺の手を握りしめてきた。
とっさの出来事で自分の手を引っ込めることもできず、叶を見る。
この男は優しいけれど、腹の底で何を考えているのかイマイチわからない。
どこかの大金持ちの息子だと聞いたことがあるし、俺とは住む世界の違う人間だ。

「何もないから、連絡もしない」
　俺は叶にそう言うと手を振りほどき、ひとりでエレベーターを降りたのだった。

「ただいま」
　希彩のお見舞いから帰ってきてまだ誰も帰っていない家に入ると、途端に寂しさを感じる。
　まっすぐ自分の部屋に向かい、ドアを開けると西日が差し込んでいた。
　そしてベッドに座ったとき、目の前にあるクマのぬいぐるみが嫌でも視界に入ってきて、俺の胸はさらに締めつけられた。
「純白……どこに行ったんだよ……」
　俺の彼女、純白が１週間前から行方不明になっているのだ。
　それはちょうど希彩が目覚めた日で、純白に何度連絡を入れても返事はなかった。
　純白の両親に話を聞くと、お兄さんも一緒にどこかへ行ってしまっているということで、ふたりで家出をしたんじゃないかと思われているそうだった。
　でも、純白の部屋を捜索しても、お兄さんの部屋を捜索しても、家出につながるようなものは何も出てきていないということだった。
　ふと、院内で叶が口走った言葉を思い出した。
『失恋って辛いよな』

「俺は失恋なんてしてない」
俺は叶の言葉を振り払うようにそう言い、ベッドから立ち上がってクローゼットを開けた。
たくさん詰め込まれている荷物の中から、１冊のアルバムを取り出す。
開くと、そこには純白の無邪気な笑顔がたくさん写っている。
純白には気づかれないよう、隠し撮りをしたものばかりだ。
絶対に誰にも見せない。
俺だけの秘密のコレクション。
一度純白が部屋にいるときにクローゼットを開けられたような気配があって焦ったけれど、あれは単なる勘違いだったようだ。
純白は愛し合ったあと疲れてぐっすりと眠っていた。
隠し撮りなんかがバレたら嫌われてしまうと思っていたから、俺が敏感になってしまっていたようだ。
俺が純白を好きになったのは、純白が高校に入学してすぐのことだった。
移動教室の授業で場所がわからず、ひとり困っていた純白に声をかけたのが俺。
純白があまりにかわいくて、そして何度も頭を下げてお礼を言う、その姿に一目ぼれをした。
だから、学校のイベントでドリンクを配る係が一緒になったときは、本当にラッキーだと思ったんだ。

ずっと好きで、しかも隠し撮りまでしていたなんてバレたら気持ち悪がられるだろうと思って、他に気になる子がいたという嘘までついた。

それほどまで、俺は純白を手放したくなかったし嫌われたくもなかったんだ。

純白が希彩に似ていると周囲は言うけれど、それは違う。

希彩が憧れの純白に近づくために、服装や髪形を似せているのだ。

去年のクリスマスプレゼントだって、『純白さんに指輪なんてあげないでよ！』とひどく怒られ、狂ったように暴れられたため、プレゼントすることができなくなってしまったのだ。

純白ならそんなことは絶対にしないだろう。

愛情がひねくれてしまうような子ではないと、俺は信じていた。

純白と希彩が似ているなんて、ありえない。

俺にはわかる。

俺は写真の１枚に顔を近づけると、純白の頬にキスをした。

そうだ。

純白が帰ってきたら、今度は本物の婚約指輪をあげよう。

俺たちにはまだ少し早いかもしれないけれど、永遠の愛を誓うことで純白は完全に俺のものになる。

希彩に邪魔されない世界に、ふたりだけで行くのもいい。

想像するだけで頬が緩んできてしまう。

「大好きだよ、純白。早く帰っておいで」
　俺は心から愛しいと感じている彼女に、そうささやいたのだった……。

END

あとがき

afterword

ここまで読んでくださった皆様、ありがとうございます。
西羽咲花月です。
今回の作品は野いちごで完結後、1カ月くらいで出版の連絡をいただきました。
こんなに早く書籍になるとは思ってもいなかったので、驚きと喜びで胸がいっぱいです。

さて、自身4冊目となるこの『カ・ン・シ・カメラ』ですが、これはバイトの休憩時間中にひらめいたお話です。
休憩時間中でも監視カメラを確認していなければいけないので、ボーッとモニターを見ているだけじゃもったいないし、作品にしちゃおうと思ったのがキッカケでした。
なんて単純なんでしょう（笑）
監視カメラに向かってダッシュする女の子（監視カメラの設置場所にトイレの入り口があるため）の姿を見てもネタとしてとらえなかったのに、ボーッとしているときにひらめくなんて。

そんな調子でネタを拾ったため、書くときもパパッと書いてしまった作品です。
書籍化されるなんて考えてもいなかったため、文庫にするには文字数が足らず、作業はもっぱら文字数を伸ばすことでした。

最初はどうしようかと焦りましたが、書きたいシーンがいろいろを浮かんできたあとは、調子よく追加できたなぁと思います。

登場キャラクターたちの狂った愛情が交差し合い、傷つき、傷つけ合う。

相手を思いやる気持ちがあれば、愛情を押しつけることもなく幸せな生活を続けていくことができたのかもしれません。

サイトとはまた違った『カ・ン・シ・カメラ』をちょっとでも楽しんで読んでいただけたなら、とてもうれしいです！

最後に、この作品に携わってくださったスターツ出版の皆様、作品を手に取ってくれたあなた様へ、心からの感謝を申し上げます！

2016.2.25　西羽咲 花月

この物語はフィクションです。

実在の人物、団体等とは一切関係がありません。

西羽咲花月先生への
ファンレターのあて先

〒104-0031

東京都中央区京橋1-3-1

八重洲口大栄ビル7F

スターツ出版（株）書籍編集部 気付

西羽咲花月先生

カ・ン・シ・カメラ

2016年2月25日　初版第1刷発行

著　者　西羽咲花月

発行人　松島滋

デザイン　黒門ビリー&フラミンゴスタジオ

D T P　株式会社エストール

編　集　酒井久美子

発行所　スターツ出版株式会社
〒104-0031 東京都中央区京橋1-3-1　八重洲口大栄ビル7F
TEL 販売部03-6202-0386（ご注文等に関するお問い合わせ）
http://starts-pub.jp/

印刷所　共同印刷株式会社

Printed in Japan

ISBN 978-4-8137-0064-7　C0193

ケータイ小説文庫　2016年2月発売

『真面目くんがネクタイを緩めるとき』 cheeery（チェーリィ）・著

高2の胡桃は狙った男の子は必ず落とす、モテモテの女の子。次のターゲットはクラス一真面目で地味な梶。だけど、梶の素顔は真面目ではなくて…!?　モテモテの胡桃もじつは男の子になれていなくて、梶の素顔にドキドキ！素顔を見せたふたりの恋の行方は…!?　大人気作家 cheeery の待望の新作！

ISBN978-4-8137-0063-0
定価：本体 540 円＋税

ピンクレーベル

『俺の素顔、知りたい?』 ぱる.・著

夢見がちな高1の胡桃は、学食で理想の王子様・恭汰先輩にひと目ぼれ。早速告白するけど、恥ずかしさから言い逃げしてしまう。そんな時、母親同士が旅行に行くことになり、その間、先輩と同居することに！ ドキドキMAXな胡桃だけど、先輩には裏の顔があって…!? 最後まで釘付けの切甘ラブ♥

ISBN978-4-8137-0065-4
定価：本体 570 円＋税

ピンクレーベル

『青空とキミと。』 *Caru**（カル）・著

高1のあおは中学の時に、恋人の湊を事故で失った。事故の原因は自分にあると、あおは自分のことを責め続けていて、ずっと湊だけを好きでいようと思っていた。しかし、屋上で湊を想い、空を見上げている時に、2年の遥斗と出会う。あおは遥斗に惹かれていくけど、湊のことが忘れられず…？

ISBN978-4-8137-0062-3
定価：本体 530 円＋税

ブルーレーベル

『幼なじみ（下）』 白（しろ）いゆき・著

幼なじみの絢音と蒼は幼い頃からの想いを伝えあって両想いに。その矢先、蒼の母親が倒れ、蒼は両親のいるアメリカに行ってしまう。そこで知ることになったのは、ふたりが絶対に結ばれることはないという悲しい運命だった。蒼の帰国が果たせぬまま、ふたりは大人になったが…。

ISBN978-4-8137-0061-6
定価：本体 580 円＋税

ブルーレーベル